走过

唐俊高 著

文汇出版社

图书在版编目（CIP）数据

走过／唐俊高著. —上海：文汇出版社，
2025. 5. —ISBN 978-7-5496-4511-4

Ⅰ. I267

中国国家版本馆 CIP 数据核字第 20258BS498 号

走过

著　　者／唐俊高
责任编辑／吴　华
装帧设计／书香力扬

出版发行／**文匯**出版社
　　　　　上海市威海路 755 号
　　　　　（邮政编码 200041）
经　　销／全国新华书店
印刷装订／四川科德彩色数码科技有限公司
版　　次／2025 年 5 月第 1 版
印　　次／2025 年 5 月第 1 次印刷
开　　本／880×1230　1/32
字　　数／180 千
印　　张／7. 25

ISBN 978-7-5496-4511-4
定　　价／58. 00 元

用散文打开沱江流域的时空

蒋　蓝

2024 年仲春一日，艳阳高照，我来到资阳，一心想去拜谒西汉大才子王褒墓茔。俊高兄在医院输液，但仍立即拔掉针头，带我奔赴雁江区昆仑乡墨池坝。他长发飘然，步履快捷，在大片的油菜田里寻找历史的阡陌与现实的方位，带我走向页岩与红壤堆砌的阔达封土。

他站在墓茔前缓缓地说："我们来看望老先人了……"

那天，他脸上有倦意，但很快被浓郁的田园春色陶醉，我们站在洗墨池边合影，蜀地的连绵丘陵，构成了我们身后恒在的风景。

自称"待宰土鸡"的唐俊高，在散文集新作《走过》中声称，自己从乡下丘陵进入资阳城后，一直在努力与这座城市增进感情，达成和解。他的和解，采用了一种典型的文人方式——研究和书写。研究资阳城的历史，书写资阳城的过去和现在。正如作者的自况：

从35000年前的"资阳人"头骨化石着手，从汉武帝建元六年（前135年）在此始置资中县着手，从北周武成二年（560年）始置资阳县着手。我想搞清楚，伴随这千年古城的兴衰轮回，庶民百姓究竟是咋个接续过来的；在历史长河的跌宕起伏中，啥时候出现过资阳城与庶民百姓天人合一、城民同体；尤其是资阳城历代的管事者，立德、立功、立言几何，是否做到了所谓创制垂法、博施济众，是否做到了拯厄除难、功济于时，是否做到了言得其要、理足可传。其实，这也是我试着想从根本上与资阳城增进感情，达成和解。

或许是误打误撞，又或许是有意为之，唐俊高的这部作品成了当代四川较为罕见的沱江叙事之作。在我们的文学地理中，沱江流域是容易被忽视的书写对象。"岷山导江，东别为沱；又东至于澧，过九江，至于东陵；东迤北会于汇；东为中江，入于海。"沱江得名较晚，这是比之于古蜀时期就存在的岷江、大渡河、青衣江等流域。它流经简阳、资阳、资中、内江、自贡而至泸州小市而汇入长江，这条河流在清代以前不叫沱江，而称中江，再早又称绵水、湔水、洛（雒）水。清代以前称作沱江的，仅是指成都平原东北方向一条人工河流。江水流经金堂，古代称为金堂江，以下又称中江。过了金堂峡，进入汉代叫作牛鞞县的简阳，所以江名又称牛水或牛鞞江，唐代那里又称雁水或雁江。江流入资阳、资中县境，古代又有资江之名。资中东南江畔有唐明渡，相传安禄山造反时，为唐明皇带着杨贵妃逃亡摆渡的地方，所以这段江流又称珠江……

沱江行走在川南的丘陵红壤之间，一路经过的地区，尽管人口稠密，但千年以来罕有文人予以系统记录描绘，我们很少在文人笔下看到有关沱江的著述，直到周克芹的出现。

　　周克芹在作品中实现了对沱江流域农村社会场景的再现。周克芹体质敏感、感觉敏锐，他把丰富多变的沱江农村生活落纸成文，从形式到内容都深刻反映社会变革时代农村的脉搏。通过农民、农村生活中的平凡小事，描绘了人物的各种命运、人与人之间关系的细微变化，写出了人物在时代发展中的思想与行为的转变……乡村人物命运是他着墨最多、用力最大的所在。他笔下的"农村新人"，不再是老派农民，而是被这片土地赋予了特殊精气神的人，这是他作品人物形象塑造的重点之一。这类新人既有普通农民，也有乡村基层干部。无论是哪一种类型，他们都热爱农村，扎根农村，希望用自己的双手建设新农村，改变农村落后、贫穷、愚昧的生活面貌与状况。而这样的人物，举止言谈里深深打下了沱江流域的特殊印记。他笔下的简阳一带，是一个寄托了中国乡村无限希望的乌托邦。但对于周克芹来说，文学地理空间的建立，是小说的背景和脚注，属闲笔；唐俊高对资阳和沱江流域的书写，正好接续了周克芹的沱江叙事。如果大胆一点儿，我们不妨宣称，唐俊高的沱江散文叙事，是在前辈周克芹的基础上，对沱江流域的一次散文化的深耕细作。

　　唐俊高笔下的沱江，既是沧桑历史和清代移民生活的见证者，也是沱江流域风俗的参与者。比如，沱江一线早在唐宋年间就是蜀地甘蔗的主要产地。以甘蔗为原料的制糖业始于南宋，扩于明，盛于清。在400年前，"湖广填四川"的移民浪潮中，一曾姓家族将优质的福建甘蔗品种带到内江种植成功。这一切都在江流的默默注视之下生长、流变。江边的人与事来来去去，习惯了大江的存在，却也忽略了它的委屈，但江流一直都陪伴着周遭那个活色生香的烟火人间。唐俊高说：

　　城里人有城里人的规矩，城里人有城里人的调教。光怪陆离的规矩像绳索，捆得世道没了是非曲直；五花八门的调教像皮鞭，抽得身边只剩下人情世故……沱江就陪在身边，就像陪在大洪坳脚趾边。也无数次同它打过照面，也偶尔人模人样地在它身边装装清闲，翘起嘴皮吹吹浮游在茶碗里的琐碎，打造激情同各怀心态的人推杯换盏。可是，沱江虽在眼里，却淡出了视线；虽触足可及，却不再入梦来。

　　围绕沱江，从风俗民情到自然风物，从人文环境到地形气候，唐俊高在他的散文集《走过》中几乎都涉及了。这部文集以"足"字为分辑的命名，指涉了它的精神内核，即行走。从他的祖上自康熙年间入蜀，到他的母亲从乡下进城，这个来到蜀地已数百年的家族一直沿着沱江流域行走在大地上，就算偶有偏离，兜兜转转过后又总会命中注定般回到这片流域。祖上携带的文化基因种在了1965年"落草人间"的唐俊高身上，对沱江与生俱来的亲切自不必多言，以至于在这个看上去江湖气十足的莽汉身上，对沱江的描述流露出的却是细腻的抒情笔法，这跟他的袍哥气质和狮子头一般的外形，形成了强烈的反差。这就让我意识到，难怪蜀锦的刺绣大师们多是五大三粗的男儿，信夫！

　　唐俊高可以在酩酊大醉后专程去沱江边上，掬起一捧江水，看江水从指缝间滑落，幡然顿悟："一江的水，其实都是细细碎碎的水滴，犹如茫茫人海中的你我。但沱江的每一滴水，都流得那样认真，那样执着，那样纯粹。沱江的每一丝纹动，都契约着一个自由而决绝的灵魂。整个一条河床里，流淌着的，是气势，是格局，是自在，是性情，是本真。"他与沱江之间，血脉相连到能感知江的每一丝纹动，也只有深情如斯，才能看到每一丝纹动中蕴含的自由而决绝的灵魂。读这部文集，就像吃甘蔗，越吃越甜。

　　这部关于行走的文集，记录的是沱江流域的风俗史，以散文打开的沱江空间，必然会从中涌现出更多的、人们已然陌生的事体。也许，唐俊高启示了一种深意——学术界认为，文学地理包括作家籍贯地理、生活地理、作品描写地理、传播地理四个层序时，要特别关注"地理"之于"文学"的价值内化作用。也就是说，有两种"地理"，一是作为空间形态的实体地理，一是由文学家主体的审美观照后所积淀、升华的精神性"地理"。唐俊高笔下的沱江流域，明显就具有后者的内涵，是一种经过作者审美观照之后形成的文学性、精神性的地理空间，填补了沱江流域在文学书写中的空白，具有文学和现实的双重意义。期待俊高兄在往后的日子里，沿着沱江流域，将这个谱系充实，实现更成熟、完备的写作体系。

　　我母亲出于糖坊世家，出生在资中县银山镇苏家湾，沱江从母亲家门前流过。记得五六年前带母亲回去探亲，在村口一家鱼餐馆吃饭，老板的父亲过来给儿子打招呼："六小姐回来了，你要给老子整好！"说完转身而去。最后老板优惠多多，说是他父亲的意思。而在唐俊高笔下，他的母亲是袍哥舵爷的女儿，汉苗混血的强人，一辈子就想当"城里人"！哎，那是怎样的深情，大江作证，让母爱在我们的笔下得以恒在与复活！

沱江不语，静水深流。

2024 年 5 月 2 日于成都

（蒋蓝，中国作协散文委员会委员，四川省作协副主席）

目 录

C O N T E N T S

●●●■ 走 过

走
过 Zou Guo

第一辑 足迹

唔，川中那片山包包

　　一个人影，伴随着三五成群络绎不绝的人影，晃晃悠悠，吭哧吭哧，在西南的崇山峻岭中，翻找着入川的茶马古道。风餐露宿跋山涉水跌入四川后，先是落脚于川东的江津，后又辗转迁徙到川中的资阳，沱江河边，成渝古道东大路上的拱宸铺。

　　那个人影，不知是个娃崽，还是个少年、汉子，抑或是个老者。也不知他是被裹在襁褓，还是甩着空手、挑着担子，抑或拄着拐杖。但毋庸置疑的是，他的心里，只有他们那个时代最诱人、最强烈的执念：走，上四川去！

　　那个人影，就是我家家谱上记载的，我们这支唐姓的入川始祖，唐廷瑛公。那年，是康熙辛亥年（1671 年），始发地为湖南宝庆府，即现今的邵阳。

　　蜀地的称谓，一直在别人嘴里换来换去。秦人手刃巴蜀后，用还在滴血的屠刀一指，说，就叫"巴郡、蜀郡"吧。汉人深知这块土地的肥美和收益，说，就叫"益州"吧。唐人以"道"命地，说，就叫"剑南道"吧。因剑南道有剑南东川道、剑南西川道，就简称东西"两川"了。玄宗添设山南西道，说，改，叫"三川"吧。宋人新设夔州（今重庆奉节），形成了"川陕四路"，说，再改，叫"四川"吧。北宋真宗至今，再无人惦念给这块土地改换名头的事了，"四川"才得以沿用至今。

神明造物，颇费周章。四川的周围，垒筑的全是高台、高原、高山，可能还猛抠了一把，使中间的地块深深陷落下去，海拔只有三百来米，像极了一口大罗锅。就在锅底，神明也还做了些过场：划拉出了河道，刷蹭出了平坝，点化出了林盘，勾勒出了山脉，还挤捏出了一片状如窝窝头的密匝浅丘……资阳，就被裹挟在川中沱江边的那一片山包包里。

就四川这么一个地形地貌，想来是难以风调雨顺的。从西伯利亚浩荡而来的朔风，被秦岭一挡，少有能滑落进这口大锅的。从太平洋飘荡过来的暖湿气流，照样被重峦叠嶂的横断山脉层层阻隔，也少有能添例进这口大锅的。从印度洋爬升过来的雨云水汽，更是被至今都还在长高的青藏高原直接叫停。但是，这四川盆地就有那么神奇：世间尽有的高山、河流、草地、平原，它有；世间尽有的风霜雨雪、蓝天白云、花红柳绿，它有；世间尽有的沃野千里、水草丰美、文章锦绣、舒心闲适，它有……啥都有。应有尽有。可以说，四川拥有自己独特的小气候，四塞的盆地成了招摇的盆景。更招人的是，不仅水网密布的成都平原，因物产丰富而博得了"天府之国"的美誉，就连资阳所在的浅丘地区，也因富含矿物元素的紫色沙土，成为物阜人丰的米粮川。要不，秦人何以依仗巴蜀而一统六国？两晋流民何以络绎入蜀扒食？五代十国的仕子、百姓何以如蝗而至？廷瑛公等涉及十余个省地的湖广人何以大举入川？抗战时期国民政府何以连国府都搬了进来？

四川是块福地，任也包藏祸患。历次内隐外患，四川必遭大难。战争与和平，重生与毁灭，"天下未乱蜀先乱"与"天下已安蜀难安"，一直在这口大锅里血腥轮回翻滚。明末清初的连年战乱和天灾、瘟疫，更使四川遭受了灭顶之灾。"十室九空""田地荒芜""虎食人""人相食"，宋、明时期迁进来的"老川人"

几近灭绝。裹挟在浅丘山包包里的资阳，亦概莫能外，成群结队的老虎，肆无忌惮地出没于断垣残壁、沱江河坝，不分白天黑夜地围猎饥馑残民。至今，资阳百姓中都还流传着"去那么多人干啥子？打老虎嗦"的口头禅。无奈，清廷颁旨：移民填川！并出台"插占""免赋"等激励条款，一时间，"走，上四川去！"成了那个时代的炙热主题。像廷瑛公这样内心强大的湖广人，水陆并进，争相而入，融合成了"新川人"，硬是使得四川山河再造，精神重生。

想当年，廷瑛公站在资阳城边成渝古道东大路上的拱宸铺，手搭凉棚四下打望时，对于满眼的山包包，应该不会感到陌生，因为他老家湖南的宝庆府也是一片丘陵，只不过山包包要大些高些。对于那条既叫资水又叫沱江的大河，应该还心生亲切，因为在他老家湖南的益阳，那里也有一条大河，就叫资水（新中国成立后，以那条资水为界，又划拉出了一个区，居然就叫资阳区，至今），甚至，在他老家湖南的西部重镇凤凰，那里也有一条大河，被直接叫成了沱江（就是那条后来被著名作家沈从文称为"美丽得让人心痛"的沱江）。在资阳这样一个水陆大码头，下水可以跑船帮、捕鱼虾，上岸可以走马帮、种庄稼，再不济可以进出资阳城，倒腾些瓜果葱蒜、柴米酱醋。唔，就这里吧，这里妥帖，妥帖！廷瑛公跺跺脚下这片土地，心安了。应该是这样。

依照家谱上排定的字辈和有关历代的记载，我已是廷瑛公名下的第 11 代子孙了。

可是，当我于 1965 年不幸降临人世时，我的衣胞之地竟偏离了沱江、资阳城、成渝古道东大路、拱宸铺好几十公里，到了一个叫玄坛寺余家沟的小地方（现今的官名叫雁江区中和镇龙嘴村第十二组），已是山包包里的山包包了。我想原因大致有二：一是那些年争相填川的人流实太汹涌，对土地、屋基、口粮等资源的争夺日趋惨烈，人们不得不往远离河道、平坝、台地的老旮旯掘进；二是因为廷瑛公名下人丁兴旺，子子孙孙长成以后都得分门立户，去圈占属于自己的领地。不外乎就是这样。

在这片山包包里，廷瑛公的后人们取山垮垮造屋，山嘴嘴起坟，山膀膀垦土，山脚脚开田。房屋是泥土垒的，屋顶是茅草盖的。房前，围上几笼翠绿的慈竹，或添立一株高挺的柏树；屋侧，养上一两株娇艳的桃李，或者素净的杏梨。炊烟一起，或山岚一锁，透出几分祥瑞和静谧。坟茔，要垒起几尺高的坟头，讲究点的，再立起一块石碑，时时向还活在世间的人们警示来路和归途。膀膀土，能多垦一台就多垦一台，哪怕一直垦到山顶顶。水田，为了保水，底泥是经人们引着牛儿，用它们那四条粗腿仔仔细细蹚过的；田埂，是经人们用棒槌密密实实捶打过的；为了保肥，田一歇下来，人们就会把肥力充足的杂草丢进去沤个稀烂。至于作物和耕种，祖传的水稻、小麦、油菜、瓜蔬、甘蔗等，那是种得得心应手。苞谷，虽是明朝才引进国内，红苕，虽是清康熙年间才引进入蜀，却都以落土就长的谦卑、产量极高的荣光、人畜均可共享的优越，而迅速被牢牢掌控。催肥一头猪，宰杀后熬下的猪油，节省着能够对付到来年。哄大三两只母鸡，生下的蛋，足可兑换针头线脑和金贵的盐巴。山包包里的川人就是这样，稼穑如绣花，日子如穿花。

自小，我就在山包包里摸爬滚打。砍芭茅、砍葛藤，割山草、割苕藤，扯猪草、扯兔草，捡狗粪、捡牛粪，拾麦穗、拾豆荚，跟着大人挖红苕、刨花生，收油菜籽、收豌胡豆，背苞谷棒子、背麦子秸秆，还下到田里去栽秧苗、打谷子、拖谷草，摸鱼、捞虾、抠黄鳝，戏水、玩泥、捡田螺……我喜欢爬上最高的山包，看满眼密密麻麻的山包包尽情铺展直到天边，看消沉的夕阳烧红西天的云块，听山包包的夹缝里响起的鸡鸣犬吠、鸟语人声，听锄刃插进紫色沙土时清脆的嚓嚓声，听风过坟茔时从里面传出的不知是好还是歹的喟叹声。

也许是冥冥之中的又一次轮回，我从衣胞之地的山包包，"回"到了廷瑛公曾经落脚的、沱江河边的资阳城讨生活。但真正意识到这一"轮回"，还是在我从父亲手上接过家谱后。当然，那上面，廷瑛公已只是个名头，音容笑貌荡然无存。后来，我主编整个雁江区（原资阳县）的《唐氏族谱》时，在外联中偶然发现，就在湖南邵阳的长阳铺镇大坪头村，有一支唐姓，其字辈居然与我们的一字不差。我没能按捺住自己，专程驱车上千公里赶了过去。果不其然，满村的唐姓，不仅与我支字辈相同，而且方言俚语、对长幼的称谓相同，就连满地里长着的庄稼也相同。我认定，这就是廷瑛公的老家，也是我的老家。这里，有我的血亲。

自此，在川中沱江边的这片山包包里，我的心，被一份无可替代的温暖包裹。这温暖，流经千公里，延绵数百年。

蜀道未必难

新冠疫情刚一消解，一帮文友就急不可耐，要蹦出家门放飞剑胆琴心。阳春三月，发起者把大伙儿一股脑儿拽上了成渝古道东小路。

芳草萋萋，踪迹杳杳。成渝古道东小路曾经的赫赫声名、铺张排场，早已随风飘逝，只在一些石头山区，还掩藏着一梯梯一息尚存的老态。可一踩上去，照样犹如窜入了自唐宋而民国的千年时光。大滴大滴的汗珠子溅落，在古石板上碎成了菜花瓣。

不想，秦蜀尺道的古风，也乘机远山远里地跑来搅和，从我们身边的林盘间穿隙而过，裹挟着一阵叽叽歪歪：蜀道难！蜀道难哪！蜀道——难哪！

一片嚷嚷中，我听出有梁朝皇帝萧纲，诗人刘孝威、阴铿，唐代诗人张文琮，明代诗人卢龙云，清代诗人费锡璜……

当然，嚷得最刮毒者，当数盛唐诗仙李白：难于上青天！

"难"，一字立锥。其他人的叽歪，都被蜀道的尘埃吸附殆尽，灰飞烟灭，唯有诗仙这根魔锥，不仅给蜀地凿上了"四塞之国"的恶名，而且，至今，仍如影随形地痛刺着所有望蜀去蜀者脆弱的神经。

行走成渝古道东小路前，我曾数度信步剑门关，数度用脚步丈量悬在群山腰际的天梯石栈。我知道，诗仙当年意气风发仗剑出蜀，压根儿就没走这条道，人家是坐船走的水道，可我仍执念着能与飘荡在这秦蜀尺道上的那枚诗魂，撞个满怀。

我也曾特意驱车钻进终南山，幻想着能在哪个村庄，找见玄宗妹妹玉真公主的别院；能在哪条小道上，觅得诗仙依稀的脚印。当年那个春夏之交，仙风道骨却也狂热跑官的诗仙，竟只身跑来这里守候公主，想借她玉手托他一步登天，进宫去给玄宗当老师，指点皇帝如何装扮江山。巴心巴肝苦候了大半年，结果公主一直云游在外，他疯狂的热望换来的，是终南溪流不可阻挡的冰点。

我还曾久伫西安古城墙头，努力辨识着当年北门的方向，幻想着那个被料峭严寒无情驱赶，从终南山落魄而出的愤懑诗仙，如何在市井把自己灌成了愤懑的酒徒，如何自不量力将愤懑撒向一群并不好惹的少年，结果挨了一顿暴打，差点酿成自取灭亡的街头决斗。幸得一哥们儿带了官府的人及时赶来，他才得以解脱。

有考癖者落下实锤：其《蜀道难》，就是他这次酒醒后的吐槽。若真是这样，还真得好好谢谢那哥们儿，不然诗仙一旦闪失，哪会还有如此千古绝叹？

也有窥癖者一语戳破玄机：他是在借蜀道难发气，求官难！

在成渝古道东小路上，我且行且吟"蜀道未必难"，不是想跟老仙人隔空叫板，更不是拿今天的鞋去削他那时的脚。我是想在这条与他同时代并存的东小路上，对"仙界李白"和"世俗李白"有一次自己的求解。

自人类的祖先下得树来，大地上便有了零星散乱渐次重叠的脚印。重叠得多了，也就成了路。古蜀先民古羌人，不就是这样前赴后继跋山涉水迁徙而来的吗？不就是这样在巴山蜀水间兼纳并蓄开枝散叶的吗？及至一年成聚、二年成邑、三年成都，作为沟通、联络的道路，必然渐次四通八达。不然，古蜀跟相距千里的殷商，哪来那么多年的杀伐与睦处？哪来中原文明给三星堆注入磅礴而奇绝的基因；濮人杜宇，也就不可能从朱提（今云南昭通）入主古蜀，"教民务农"，并被崇为望帝。巴人鳖灵，也不可能入蜀治水，使"蜀得陆处"，并给金沙带来楚地习俗，还被崇为丛帝。同样，老秦，不可能那么轻而易举灭掉巴蜀，并强迁六国豪强和十万大军入蜀；家国破亡的古蜀残民，不可能有幸脱逃并辗转南迁，沿途遗民穷山恶水，最终大部抵达现今的越南；两晋流民，不可能络绎不绝入蜀扒食；五代十国那么多的士子、百姓，也不可能蜂拥而至……

饱学博闻的诗仙，定当了然：汉时，就有张骞兴冲冲从西域回朝禀报，说是在大夏（现今阿富汗）见到了蜀布、邛竹杖，且是从身毒（现今印度）辗转倒手而来。由此，一条已秘密沟通外界长达二百多年的"蜀身毒道"，才由武帝亲自指派几路人马，在西南的崇山峻岭中翻找出来。这就是从成都出发，通往身毒、大夏乃至西大食海（现今地中海）的南方丝绸之路。这条路居然还分作三条：灵关道，五尺道，永昌道。这三条道如灵蛇闪腾，势如破竹：灵关道经邛崃、芦山，翻大、小相岭，出安宁河谷、渡金沙江到云南。五尺道顺岷江水道至乐山，经宜宾、盐津、昭通入滇。灵关道、五尺道在祥云交会后，经昆明、弥渡、大理、保山、腾冲南下，因穿越永昌郡，此段则称永昌道。永昌道在保山又一分为三，一条道身毒，一条通掸国（现今缅甸），还有一条水路，直达交趾（现今越南）。

及至诗仙本人所处的盛唐当下，其祖父领着包括只有五岁的他在内的一大家子，不也万里迢迢，从西域碎叶（现今的吉尔吉斯斯坦）一路探寻，最终落脚蜀中绵州的彰明（现今江油）吗？

诗仙自己当年于蜀中学成，去长安追逐功名，不也是走五尺道顺岷江水道至乐山，再乘船平出江汉平原的吗？安史之乱时，玄宗仓皇入蜀避难，蜀道不照样容纳下了他神色斑驳、庞杂如蝗的逃难人潮和他一颗碎如瓦砾继而"天旋地回"的大心脏吗？

诗仙心在朝堂，在河山，在天宇，在黎元。蜀地故里，却在他的诗中，似乎因蜀道而嫌屋及乌，也被他视作了不可久留的凶险之地。"问君西游何时还，畏途巉岩不可攀。""锦城虽云乐，不如早还家。"但是，浪迹一生、探路无数的诗仙，心里肯定也不得不承认：仅就蜀地故里内部，官道私道也早已纵横交错，交通形态十分稳固。仅在成都和重庆之间，就已通行着两条快速官道：东小路和东大路。东小路，先被称为"北道"，从成都迎晖门出来，经龙泉驿、简阳、乐至、安岳、铜梁、璧山、虎溪、西永、高店、歌乐山三百梯、小龙坎、六店、佛图关，最终抵达重庆通远门。后来，从简阳分出一条支路，即东大路，先被称为"南道"，经资阳、资中、珠江驿、内江、隆桥驿（现隆昌）、荣昌、邮亭铺、永川、来凤驿、安仁驿、走马铺、白市驿、二郎关、石桥铺、大坪七牌坊，最终同样通过佛图关抵达重庆通远门。

我之"蜀道未必难"，几可算是言轻。有哥们儿则重言相质了：蜀道何曾难?!

我在成渝古道东小路上苦行苦吟，对"仙界李白"和"世俗李白"却迟迟不得确解，直到爬上孔雀山顶。

古道早已或损毁、废弃，或变脸、改道，难觅真迹。但是，在安岳双龙乡与重庆潼南交界处的孔雀山，却奇迹般地存活着一段较为完好的石梯古道，着着实实给了我一个喜出望外。

一截蜿蜒的石板小道，穿过菜花田亩，擦过桃花竹林，挨着石屋人家，渐次起梯设坎。石板表面早已被蹭出了岁月的凹痕，石梯也因历史的重荷而些有塌陷。道旁，石板装砌的房屋多有破败弃用，然石臼、石磨、石缸、石槽等老物件随地可见。一处残屋的断壁上，一个小小的石窗特别惹眼，说不定这里曾是一个缠绊旅足的幺店子。阳光摇乱夭夭桃花，惠风和畅穿林打叶，几只土鸡咯咯嗒嗒结伴拾级，在梯坎间的杂草里竞相觅食，吵得面红耳赤。

孔雀山是一个整体的大石山，踩上去的梯步已不是石板铺就，而是就坡顺势，生生凿石而成。如果说，铺路的石板千百年间必有因损毁而替换，那么，这一条原石梯坎，必是古道真身无疑了。霎时，岁月静止，时光凝滞，四野穆静，却分明又凭空骤起千年足音，一声声跌宕耳际。

山顶，一岩壁间，竟掩藏着一处国家级文物保护单位孔雀洞。佛教中专事摧破烦恼业障，而总是满脸愤怒的女性四臂孔雀明王，却在这座石窟里，不可思议地，潇潇洒洒地，坐上了一只两米多高的立体全身孔雀。她头戴化佛宝冠，胸饰璎珞，身着双领下垂大衣，左手执莲蕾，左下手奉蟠桃，右手握雀羽，右下手托贝叶经，出落得秀丽优雅，大方可人。其精美工艺盖过了大足石刻同类题材，被奉为中国西部安岳石窟中的一朵奇葩。

伫立山顶，现代交通形态悉收眼底。乡野间的炒油路上，一辆出川的大巴车跑得正欢。联想到出川入川的县道、省道、国道、高速通道，川内密织如毛细血管的乡道、村道、机耕道、入户道，不禁令人油然喟叹：看来，东小路确已无可挽回地荒废了。如果非要差强人意，也只能说，它又一次幻化成了又一个时代的模样……

可是！当我从身边的孔雀洞转睛回望，透过安岳紫气蒸腾的柠檬花海、乐至翠绿浩荡的沧海桑田，东小路沿古至今的径脉，于我突然清晰可辨。串起它的，分明是像孔雀洞一样的一座座恢宏石窟、一尊尊精美石刻。从南梁到唐宋到明清到民国，从乐至的困佛寺马锣卧佛、石匣寺摩崖造像、报国寺摩崖造像、罗汉寺摩崖造像等，到安岳卧佛院、圆觉洞、毗卢洞、华严洞、孔雀洞、千佛寨、茗山寺、玄妙观等，再从安岳一路延伸到重庆大足……东小路，是一条商旅之路，一条文化之路，更是一条人文精神之路。走过的凡胎消亡了，连作为凡胎的东小路也消亡了，而物我凡胎创造的人文精神之路，皇皇永生。

一只山鹰，在东小路上的天空展翅盘桓，我自然把它认作自比大鹏的诗仙李白。

放眼我族文化历史天宇，诗仙必定是最璀璨的星宿之一。后人仰慕他不羁的性情，不屈的性格，浪漫的豪情，奇绝的才情，非凡的成就，独挺的精神，更拜谢他一千多年来从未断绝的心灵滋润、血脉供养。把能有的溢美之词，泼洒给他，不为过；把能有的理解包容，施舍给他，亦不为过。热衷干谒、追逐名利，不苛责了；生性放荡、始乱终弃，不苛责了；心比天高，自以为要救朝廷于水火却沦为叛军，还差点被杀头，不苛责了；老不更事，风烛残年了还执意要向风雨飘摇的皇权自证清白，最终孤独地死在仗剑献忠的路上，这些，也都不苛责了……毕竟，诗仙的另一面，还是一具凡胎，何况还苟活在那样一个"家天下"的当下。

也正是基于那么一具在俗世中被糟蹋得千疮百孔、七零八落的凡胎，才抽象出了诗仙那非凡的人文精神。

细数那一颗颗真正还在熠熠生辉的星宿，概莫能外。

于是，我在成渝古道东小路上感慨连连，诗仙假借蜀道难的仰天长叹，是人间的悲情共鸣：世道难！

一座城，一个人

（又名：我的师父我的娘）

想向一座城叽叽咕咕，况且，是向资阳城叽叽咕咕，我是不是醉了？

我知道，我跟这资阳城，是结下了些恩怨的。而今，向来死不认怂的我，却萌生歉意，尤其是喝了夜酒，坐在高高的东岳山头，醉眼蒙眬地看着它趴在沱江边的山窝窝里妖冶欲滴的样子时。看来我确实醉了，醉入膏肓了。

资阳城，是我们资阳县的县城。我对资阳城心生怨尤，始于20世纪80年代初，缘由竟是满城的土鸡。准确点说，是满城待宰的土公鸡。那时，城乡经济出人意料，像脱缰的野马，空前活泛。腰包里有两个钱在跳了的资阳人，首先着手的，就是善待嘴巴。特别是年关将至，家家户户都大手大脚置办年货，于是，无以数计的土鸡被五花大绑押进资阳城，关入千家万户。由于尚未普及冰箱，那么大规模的鸡，都只能暂养在各家的厨房、厕所、阳台，甚至楼顶，慢慢消杀。不想，一场场奇特的鸡鸣大混唱就此拉开：往往还不到时辰，就总有公鸡胡乱打鸣，先是一只打头，继而引发一群、一片，很快，整个资阳城不知来日不多的待宰公鸡，都跟着瞎起哄了。

躺在贫民窟出租房的我，备受煎熬，心下很是窝火。要知道，这种由耳入心的磨人喧嚣，过了大年三十都不会消停，基本要声嘶力竭到过了大年去了。

这些乡巴佬！肯定是突然进城，被彻夜不熄的城市灯火、彻夜不停的城市响动，给整乱了方寸，才这样昏头昏脑，胡乱报时。在并不温暖的被窝里，我有时也这样向满城丢人现眼的土鸡，发泄些恶毒的愤懑。但每每这时，常常使我顾影自怜，甚至黯然神伤：你，不也是一个寄人篱下的乡巴佬，不也是一个并没被这座城市接纳的歇脚客……

那时，我就自比那些鸡了。

那时，我就觉得资阳城不属于我们这些土鸡。

一条沱江河，一个大平坝，一大片毗连的房屋，这是资阳城最先打我的一眼。

小时候，难得一回扯着大人的衣裳角角蹭进城去，满眼都是稀奇。火车站里，老是有大铁家伙咋咋呼呼地跑来跑去，喘得比下力的牛都粗，还叫，叫得比挨刀的猪还凶。和平路又宽又长，显摆着一城的洋盘：电影院老是有放不完的电影，剧场里老是一落黑就锣鼓喧天，百货大楼里的稀罕货色老是看不够，东北水饺店里的香味老是嗅不够，香甜冷浸的冰糕老是啃不够，但是，守小人书摊的太婆，老是防贼一样地盯着我，生怕我这小乡巴佬用一分钱看了两分钱的书……见资阳城这么好耍，我就总想在城里认下一个小耍伴，今后想进城来找他耍就进城来找他耍。可是，难得进一趟城的小乡巴佬，最终还是得灰头土脸地滚回山里去。住进城里去，则更是想都没想过。

但，一大家子还是搭伴老娘进了城。老娘在乡下贵为裁缝，她身材高挑儿，面容素净，却自恃能干，自命不凡，也很不安生。我们离资阳城有八十里，绝大多数老乡一辈子也不可能去过，可她是想去就去。就连上至成都、下至内江，也没少跑。嘴上说是出去见见世面，其实是偷偷摸摸倒腾些票证、手套、鞋袜、针线。她一心想的，就是过上城里人那样体面的生活。她说，走路都要平顺些，衣裳都要干净些。可一阵跳腾下来，终是遗恨连连，被拴在了农村。刚刚改革开放时，社会开始松动，裁缝老娘开始心动。那时我虽才十七八岁，却已贵为先生，在一所乡区中学讲授英语。她从我身上抓了三十元钱，一趟子跑去了成都荷花池批发市场，投奔她娘家的几个弟兄、侄子。她那几个弟兄、侄子打酒割肉，热情接纳了她。一个瘦猴一样的侄子，指着他摆了一大坝子的竹木货品，说：幺姑，莫怕，在这成都坝子，只要肯动，肯定能刨到钱的。我刚来成都时，身上只有一块五角钱，最先只兑了几个竹衣架子沿街叫卖，你看，现在还不是发起来了……裁缝幺姑被瘦猴侄子鼓噪得两眼放亮，第二天就把几件兑来的成衣信心爆棚地搭上了他们的摊位。

　　没过多久，裁缝老娘出于对布匹的敏感，竟探得了一条进布的密道。那时轻工企业得以发展，生产成本得以下降。老娘发现的那布，厚实，便宜，是乡下人很喜欢的卡其布，只是以前贵，很少人买得起。她一趟子把布搬回资阳，当即在城里租下房子，每天背着布挤客车去赶乡场摆摊设点了。每逢星期六、星期天，我都进城去看她，有时还跟她一起去挤客车赶乡场，帮她背布，帮她算账、收钱。每天换乘不同线路的客车，去撵不同乡场的逢场天，是十分苦累的。好在有几个相对固定的同道中人，总是不约而同同车去又同车回。那几个商贩，都是在城里租房住的乡下人，一个是下乡专收鸭子的，姓鲁，被唤作"卤鸭子"；一个是专收鹅儿的，姓蒋，被唤作"蒋鹅儿"；一个是专收活鸡的，姓唐，被唤作"溏鸡屎"；我老娘主打价廉物美的卡其布，姓黄，被唤作"黄卡其"，多少还有点洋气；还有一个女的，专收鹅毛，姓孙，人有些稳重，不知为啥没被唤作"孙鹅毛"，却被唤作了

"孙婆儿客"，这就多少有点调侃人了。俚那"孙婆儿客"十分了得，靠收鹅毛赚取一些本钱后，转行做企业，四两拨千斤，越做越大，在资阳、四川都红了好多年。大伙下车后生意各做各，上车后龙门阵伙着摆，一天的风尘风雨也就随车飘散了。

日出而出资阳城，日落而落资阳城，皆因在资阳城有了一个安身处：家。可我从心底里，并不认可老娘那个"家"。因为乡下人要融入一座城市，几乎是奢望。

老娘租住的房屋，在大东街口，是一幢大房子的偏屋，据说是以前住那大房子的大财主的柴屋。那一溜柴屋，还挤了另外三户人。一户是挑着担担走街串巷卖油炸糕的，一户是杀猪的刀儿匠，还有一户只住了一个姓李的太婆。卖油炸糕的夫妇，养着一个小学快毕业的儿子，拖着一个上幼儿园的外孙女。那读小学的儿子瘦小，聪明，健谈，可不知为啥，老是发誓长大后要把他挑着担担走街串巷卖油炸糕的老汉杀掉。刀儿匠浓眉大眼，圆滚肥实，出气急促，已经金盆洗手，成天坐在屋里，热天打个光胴胴对着电扇，冷天裹得厚厚的直喘粗气。夫妇俩养了一个姑娘，姑娘脸面白皙，但就是眉眼有点凶煞。李婆婆有儿有媳妇有孙子，可他们都住在郊区的菜蔬社，就她独自在这里白天守守门槛，夜晚窸窸窣窣。偶尔，她也跟路过的人搭搭话，却老是嘀嘀咕咕，老是嘀咕同一件事：以前住这大房子的那个大财主，是个大胖子，胖很了，就去割板油，割第三回时，把命都割脱了！

白眼，是这三户城里人，给予我乡下裁缝老娘最多的礼遇。他们相互间都不大搭理，何况是对你一个乡巴佬租房户。我这人很敏感，认为这是资阳城对乡下人的冷漠。这冷漠，是蔑视，是怒怼，是排斥，是居高临下的盛气，是领地遭到入侵时的霸蛮应激。这使我对资阳城又添怨尤。

而更多的白眼，竟然是我不知好歹的乡下裁缝老娘自找的。比如，从人家门前过，有事莫事的，总爱去招呼人家，把人家搞得一愣一愣的。比如，下午，疲惫地背着没卖完的布回来，屋里的蜂窝煤炉子早已熄火，又没备有生火的柴，就老是去人家炉子上引火，你说烦不烦？比如，平时我们分散去看她，她就去砍卤鹅儿、卤猪蹄给你啃，省事又方便，但当我们父兄姐妹都聚齐时，要弄点东西吃，苦常发现她的菜刀老是锈迹斑斑，又没有磨刀石，即使有磨刀石，一时半会儿也难得磨出一把刀来。借，去借，她总是这样自以为是地去找人家借刀用，你说讨嫌不讨嫌？有一次，当她喜滋滋从刀儿匠家里借出菜刀，刚一转背，我就看见了刀儿匠那姑娘满脸的鄙夷，一对眉毛直直竖起，像极了两把刀，要飞出来了，要扎人了。就连隔壁的李婆婆也实在看不下去了，给人嘀咕时添了亲的鄙夷：就喜欢去砍卤鹅儿，就喜欢去砍卤猪蹄，油腻腻的，不晓得有啥子啃头！

　　身子进了城的老娘，脑袋却还挂在乡下，她以为自己还贵为裁缝。在乡下就是这样，当你把柴草塞进灶孔，却发现洋火（火柴）已经划完，没事，赶快抽出来，挟到隔壁邻居家的灶孔里，引燃就是。当你菜炒熟了，要放盐时，却发现盐罐罐已刮了个精光，没事，赶快跑去隔壁邻居家，借一小勺回来就是。当有亲戚突然来串门，家里鸡蛋、白糖、面条啥都没有，连一碗"开水"（就是糖水蛋或鸡蛋面）都烧不出来，还是没事，赶快出去多跑几家隔壁邻居，总能凑齐，借回来就是。作为乡间的裁缝，老娘能把新衣裳给尔做得巴巴适适，你有钱给钱也行，没钱用工分兑换也行。至于缝缝补补，她概不收钱，针头线脑、布头布脑啥的，悉数奉送。所以，她的人缘，比生产队长的都更好，老是有人来给她挑水、煮饭、带小孩，老是有人来给她宰猪草、煮猪潲、喂猪儿。假如她要主动找人帮啥忙，那是一呼百应。

可能裁缝老娘在这一溜儿柴房里，多少还是觉察到了些啥，但她依然不管不顾，我行我素。她早已把自己当作了城里人，早已与人家平起平坐。她说过：连这几户人我都踢打不开，今后在这资阳城，还撑得起腰？乡下送来了葱葱、蒜苗、莴笋，或者嫩苞谷、嫩胡豆、嫩豌豆，甚至红苕，她都给他们匀点，也不管人家喜欢不喜欢。她给我讲，油炸糕家里，就靠那瘦小、干瘪的老汉炸点豌豆糕卖；刀儿匠的单位都要垮了，在岗人员都顾不了，哪还顾得上你退了休的？又砍了卤鹅儿、卤猪蹄时，她就老是给李婆婆匀一小碗送过去，也不管人家受得受不得那油腻。老娘讲，李婆婆那个儿，本来在街道办的马铁件厂做工，可厂子垮了，人下岗了，好在女方家有房子，就上那边种菜去了。那个儿很孝顺，隔十天半月给李婆婆送米、送菜蔬来，也送没完没了的嘘寒问暖来。可那儿子就是难得送得起油荤，只好偶尔送两个肉包子来，让李婆婆解解馋。娘儿俩的对话，听得我老娘自己都鼻子发酸。当然，一有机会，我裁缝老娘老是高声武气地显摆，显摆得最多的，一是自己在乡下干裁缝时，如何如何吃得开：附近几个生产队，每家每户每个人的衣裳，都是她做的；再就是显摆她的大儿子，我，如何如何能干、争气，14岁就考起了师范，17岁就出来教书了，还教的是英语，还教的是高中生。还显摆她的小儿子，我的弟弟，也是十七八岁就买了一辆"东风"大卡车，自己开着满世界跑。加上那油炸糕小儿子很喜欢来找我吹死牛，很喜欢来拨弄我的吉他，简直成了我的跟屁虫。他小学毕业时，我带他到照相馆，一起拍了张纪念照，买了个笔记本送他，还题了字，希望他今后学好，不要真的把老汉杀了。如此一来，一溜儿柴屋顺溜了：见我老娘又需生火，油炸糕老娘啥也不说，直接抓了自家的柴火就过来点燃了。刀儿匠那姑娘主动找我搭讪，笑问假如学生调皮捣蛋，我打不打得过他们。李婆婆悄悄找到我老娘，悄悄嘀咕：吃了你送的卤菜，我起夜解溲的次数都少多了。房主见我老娘从来不拖欠房租，有时他手头紧了，想预收一两个月，我老娘也毫无二话，立马爽快照付。有一天，他就说我干脆把房子卖给你算了，就像开玩笑，我老娘说好啊，你说个价，我保证不还口，也像开玩笑。结果几句话下来，一桩大买卖成了。我的乡下裁缝老娘，终于在资阳城里有了自己的房子。

　　一转眼，那个李婆婆也要卖房，要去跟她儿子住了。那时进城讨生活的乡下人越来越多，很多人都在到处找房。那段时间，每天来李婆婆这里看房、谈价的人起串串，李婆婆一概稳起，好像不是要卖房，又好像此事与她无关。好不容易谈好了一个价码，大家以为买卖可能要成了，李婆婆却突然悄悄找到我老娘，悄悄嘀咕：你买不买？你要买我就只卖给你，就他们说的那个价，我一分钱都不加。我老娘压根儿没想到，这等好事会落到自己头上，何况那房与自己的房紧连着，可以合二为一，她喜出望外，立马咬定。这样，我的乡下裁缝老娘，在资阳城，居然有了上百平方米的房产。

　　好事还在连连。正当我的乡下裁缝老娘想跨越成为城里人的最后一道门槛——户口时，简直是瞌睡遇着了枕头：资阳城开始卖户口了！乡下人要成为城里人，比登天还难，难就难在这户口，它才是你真正的金子身份。想不到，这天下第一难事，现在用钱就能解决了，况且是明码实价的，是资阳城张了榜的。虽说是转人不转粮的"自理口粮"户口，不能享受城里的低价供应商品，包括口粮在内的一切生活所需，都只能自行解决，还要交还乡下的责任田和自留地，但，对于一心想"鲤鱼跳龙门"的乡下人来说，森严的"龙门"似乎已敞开了善怀。一时间，资阳城的这桩买卖空前火爆，我的乡下裁缝老娘当然属于首批摘牌。用她的话说：城里人，还拿土地做啥？有了土地，还算啥城里人？

老娘就这样，凭着一己之力，跌跌撞撞地成了城里人。偶尔回趟乡下办点事，那更是受人敬重、逗人眼羡了。乡亲们说：你这下好了哟，总算熬出头了哟。老娘笑嘻嘻地回说：没啥稀奇的，城里人乡下人都是人，都是在为吃为穿为条球，是一样的，是平起平坐的。听得出，老娘是故意在说些大实话，不动声色地显露着心中那随时都在蠢蠢躁动的优越。但是，我这人哪，可能生来就心有岔肠，总觉老娘那户口不伦不类，还是花钱买来的。这资阳城也是，既然这都能公开买卖，其他呢？你看我老娘那志得意满的神色，你若是卖个"城隍菩萨娘娘"的名头给她，她也肯定立马伸手摘牌。

　　后来，几回回碰得头破血流后，还是经老娘娘家那边的人牵线搭桥，我终遇贵人赏识，如愿改了行，调进了资阳城，当起了记者。弟弟妹妹也在老娘的操持下，陆陆续续在资阳城里安了家，老娘应该已是功德圆满了。殊不知，老娘早已坐在了资阳城里的青（清）石板上。商品越来越丰富，市场逐渐大流通，老娘的布匹生意扛不住成衣制品的狂轰滥炸，她改卖毛线；毛线制品迅猛跟上穷追猛打，她改卖小百货；小百货里名堂多，不卖假冒伪劣根本活不出来，她干脆办了个小食店；但小食店那活毕竟不比针线活，她又干起了收破烂；哪知收破烂这一行更是暗流汹涌，她大大咧咧误收了一车贼货，被勒令关张，还差点给逮去吃牢饭……

　　我虽是正式调进资阳城，身份也比老娘更正式，且贵为记者，可与资阳城仍存隔膜。用脚趾头思忖一下都知道，能硬调进城的，背后肯定有人，有关系，有路子，此时跟你打照面、打交道的城里人，开始向你嬉皮笑脸、点头哈腰，就连你以前苦苦哀求过，却被无情拒绝甚至大加呵斥的人，也来与你称兄道弟甚至勾肩搭背，但，那是一种敷衍，一种虚伪，一种狡黠，一种设防，一种紧紧的自我包裹。他们都各有阵营，各为其主，所以谈不得一点儿正事，讲不得一句实话。我跟他们合不来。我觉得自己的本色，仍是一只随时挨宰的土鸡。这资阳城到底咋了？这一方水土到底咋了？于是，我开始研究资阳城，从35000年前的"资阳人"头骨化石着手，从汉武帝建元六年（**公元前135年**）在此始置资中县着手，从北周武成二年（**公元560年**）始置资阳县着手。我想搞清楚，半随这千年古城的兴衰轮回，庶民百姓究竟是咋个接续过来的；在历史长河的跌宕起伏中，啥时候出现过资阳城与庶民百姓天人合一、城民同体；尤其是资阳城历代的管事者，立德、立功、立言几何，是否做到了所谓创制垂法、博施济众，是否做到了拯厄除难、功济于时，是否做到了言得其要、理足可传。其实，这也是我试着想从根本上与资阳城增进感情，达成和解。如此的妄为，倒还有些作用，使我的创作有了些起色，工作上也渐渐弄出了一些响动，就时常被派去一些重要场合采访，能见到资阳城的一些管事，甚至大佬。我老娘就以为她的儿已修成了正果，能手眼通天了。她常常给她只是可怜巴巴跟在人家身后，做些忠实记录的儿子，下达些五花八门的指令：你去给他们讲讲嘛，乡下的农税莫收那么重，提留也莫收那么多，我们生产队有好几户都撂了地主家躲出去了；你去给他们讲讲嘛，那些到摊摊上来收管理费的，莫那么恶暴暴的，还动不动就折人家的秤杆、抄人家的摊摊，人家也要养一家人哒嘛；你去给他们讲讲嘛，拆迁人家的老房子，多赔两个嘛，赔够嘛，让人家心甘情愿嘛，不要估吃霸占嘛……她甚至还要我去给他们讲讲，城里满街满巷跑着的人力三轮车问题，应该咋个咋个处理，才不会出大事；假如那个啥"彩票事件"让她来处理，就不会酿成全资阳城的暴乱了。我的乡下裁缝老娘哟！自己都已坐在资阳城的青

（清）石板上了，还在操这些老心。我无语。我不可能把我所见识的"他们"说给她听，更不能把资阳城光鲜背后的另一面说给她听。我只能无语。不过，我不得不承认，老娘对"他们"的指代，是准确的。资阳城，就是"他们"的。"他们"有"他们"的圈子，"他们"有"他们"的规则，却又各自有各自的盘算。资阳城也有资阳城的好恶，资阳城也有资阳城的取舍。看"他们"，有的要反起看；看资阳城，有时也要反起看。到后来，老娘几乎是央求我了：你去给他们讲讲嘛，让我把户口拿回去，把土地还给我嘛……这时，我才发现，我的老娘已是头发花白，一脸木讷的沧桑。

老娘精神失常了。先是成天嘀嘀咕咕哪个哪个要来推她的房子、推她的灶，要把她撵回乡下去；哪个哪个在记我父亲的黑账（我父亲在乡下的一个农场当场长），要把我父亲撬翻，要夺我父亲的权；哪个哪个看她的儿——也就是我——不顺眼，要把她的儿捆进牢房去教那些犯人念书……而她所嘀咕的，那个要来推她房子的，竟然是李婆婆；要夺我父亲权的，居然是刀儿匠；要把她的儿捆进牢房去教那些犯人念书的，稍微靠谱一点儿，是"他们"，不过，又点了我们单位头儿的名。这些嘀咕很笑人，亏她说得出；还很瘆人，令人浑身起鸡皮疙瘩。很快，老娘开始狂躁，直接扯起嗓子，当街破口大骂，没了乡下裁缝的尊荣，换了乡下泼妇的野悍。

莫法，我和父亲、弟弟，还找了两个人，把老娘挟持进了莲花山上的精神病院。一进去，老娘就被摁倒在病床上，给拴住了手脚。我难受得心里发痛，痛得眼泪水都掉下来了。可是，即使再难受，我也只能把它换作一钵钵一钵钵的鸡汤、老鸭汤，一次次、一次次给她送去，担心她像犯人一样，被关在那样的医院里，营养跟不上。不想，老娘竟与那精神病院有了一段难解之缘：此后她又去住了一次院。这第二次，竟是她自己找去、自投罗网的，是一个医生绐我打电话，我才知晓的。再后来，来推她房子的，不是啥李婆婆，恰恰是那精神病院。那莲花山上的精神病院，脱胎于资阳的千年古刹莲台寺（前莲台寺），虽地处风水宝地，但毕竟稍嫌偏远，不利拓展业务，便要在城里建一座综合门诊大楼，却独独相中了那块处于大东街口的贫民窟。

建好的精神病院综合门诊大楼，就与赔付给老娘的住房门对门。但她从来没涉足远了，似乎连看都懒得看一眼，她开始埋头读起书来，读的还是佛教经书。老娘几十年前念过两年小学，文字对她来说早已荒废，就一个货真价实的准文盲。她走资阳税务局门前过，知道那是收税的地方，可一张口，就把人家念成了资阳"说服"局。但这并不妨碍她一字一句地去啃那既难断句更难嚼碎的天书。一天，她一起身就出了远门，一趟子跑去了河南，去参学，去参加一场资格考试。回来时，她已僧帽冠顶、袈裟加身，显然她已学成考中　剃度出家了。

出了家的老娘，血色回到了脸上，轻松回到了脸上，自信回到了脸上，会心的笑容回到了脸上。但她不准我们再叫她"娘"，只能叫"师父"，而我们，则被她一律叫成了"施主"。她兴冲冲地住进了资阳莲台寺（后莲台寺），等待受戒成为正式的执杖法师，却把我们丢进了无尽的惶惑和苦痛。儿孙绕膝的老娘，本该安享晚年的老娘，为啥要狠心走出这一步，是家门不幸，还是孝悌失度，成了我百思不得其解的铁血疙瘩。假如她不进这资阳城呢？假如她不被这种无法驾驭的生活夹磨呢？假如她不被城里的各色纷争、算计迷失呢？假如她就在乡下，自由自在地日出而作、日落而息，想踩踩缝纫机就踩踩缝纫机呢？这样一想，我就又怪罪起资阳城来。我认定，至少，这资阳城跟我的乡下裁缝老娘，哦，不，师父，不相融，不相生。

　　在俗人眼里，女子出家如出嫁。对于有家有室、有儿有女的师父来说，那无异于一种割袍断义，一种恩断义绝。可父亲脸上淡定的微笑，多少给了我一些慰藉。父亲虽是知书达理的国家干部，但动动脑筋打点主意、动动嘴皮子扯点道理，功夫远不及师父，是一个典型的炉耳朵。父亲说，随师父去吧，只要师父觉得好就行，这是师父命里带的。我就又顺着往下想了：兴许是吧。师父的父亲，我的外公，是个强悍的袍哥，娶了两个老婆，在我们乡下那一带的袍哥分舵里，干着红旗管事，经常穿白衫、骑白马往资阳城里的总舵押送银两。她那父亲，我的外公，豪气干云，一诺九鼎，就因打输了一把牌，竟真的愿赌服输，把她的母亲——我的亲外婆，输给别人卖了的。据师父自己估计，假如她父亲——我的外公，不是在临新中国成立时意外被一头疯牛顶死，新中国成立后肯定要遭枪毙（分舵的舵把子两口子是遭剐了的）。而她的母亲——我的亲外婆，竟是一个苗家女子，从千里之外的贵州安顺流落到成都，一直在大户人家帮佣，再下嫁到资阳的，也是一个见过世面、内心强大的悍角。这样的基因组合，注定了师父的一生不可能轻轻飘飘、平平淡淡，总会有一番闹腾。只可惜，家道变故，无人送她去念书，而她小时候偏偏想要念书，见了同龄的读书郎回来，就去扭着人家：你把我的名字写给我看看嘛，让我看看我的名字是哪几个字嘛。她能念那两年小学，全靠她自己去给那同丈夫两地分居的女老师，洗衣、煮饭、带小孩混得的。她这一辈子最大的抱怨，就是没能念更多的书，没能过上体体面面的日子。正因如此，她对她自己的后人，指天指地赌咒发誓，就是拼死拼活也要把书盘出来，她要让她的子子孙孙脱离苦难，活得体面。尤其是对我和弟弟，更是寄予莫大希望。她还眨巴着眼睛，玩笑似的逗我两兄弟：把书念出来噻，到资阳城里去坐办公室嘛 去娶资阳城里的干净婆娘嘛……但，真的，如果假设，这个世道能给她丰厚的学识、更好的平台，她身上的巨大能量必定会有更通畅的释放通道，不至于在一脑之内左冲右突，最后搞得来神经搭铁。

师父要去邻县资中重龙山上的永庆寺受戒，正式成为执杖法师。离开资阳城那天，她的妹妹——我的姨娘，专门从成都石板滩下来送她，用车装了满满一后备箱她簇新的被服。姨娘知道我心里过不去这道坎，特地打来电话开导我：孝顺孝顺，既要孝，更要顺。我到底还是硬逼着自己找了辆车，磨磨叽叽地吊在后面。但是，到了资中，上了重龙山，我到底还是没能拗过自己，没把师父送进庙门，而是到另一个山头，泡了一杯茶。师父特地从那边转过来，一脸祥和，满眼慈悲，却啥也没说，只是像高僧大德那样，打望了我两眼，就像打望一个平常施主。

师父离去那背影，因穿了袈裟而从容自若，也因穿了袈裟而更显高大。师父消失了，我顺过去的眼光扫见了资中城，心里却更加埋怨上了资阳城。

没过多久，师父却突然一趟子又跑回了资阳城。原来，莲台寺下辖的一个烂庙子——南津驿水观音，长期发展乏力，只有一间烂瓦屋做殿堂，有管事的便采用外来的和尚会念经的老套路，从五台山请来三个和尚，以期他们操持出佛光愿景。三个和尚首先请回一口大钟，刚挂好，一转背，便有人来敲，不想却是一个女施主。三个和尚大惊，异口同声纷纷念叨：快走，快走，快走，这不是你我男众法师亥待的宝刹。于是三个和尚离去，于是莲台寺想起了女众法师师父，召她临危受命出任水观音住持。师父出家后，一方面参学清德大法师、智海大法师、智常大法师，留心他们如何如何筹募善款兴修禅院，如何如何宽严有度管理寺庙，另一方面不分远近云游参学。莲台寺颇费了工夫寻得她时，她正云游参学在外。仿佛是佛祖一声令下，师父匆匆赶回，欣然领命前往。这样，骨子里宁做鸡头不做凤尾的师父，有了一处自己说了算的领地。这也注定了骨子里争强好胜的师父，必将倾其余力大干一场。

师父自出家后，就再也没回过家，包括我和弟弟的家，我们就只好时不时下去看她。她总是忙，出奇地忙。她要修这样门那样门，修这样殿那样殿，修这样寮那样寮；要请这个佛像那个佛像，特别要请一尊巨大的观音像；要收徒弟、聚信众，要布佛法、传教义，还要亲自下到水观音的庙产地里搞收种。有好几次，我听我老婆说，在街上又碰见师父进城了，神色老是火急火忙的，身边老是紧跟着两个居士老婆婆，就像是她的勤务兵。她接手烂庙子水观音时，账面上只有一千余元的结余。她一手筹款，一手赊账，用那区区一千余元，撬动了浩大的工程。逼急了时，她一次次打电话给我父亲，那个特殊的老施主，要他踊跃捐款。那个老施主每月的退休金有多少，几个月下来有多少，几年下来有多少，她了然在胸。后来，一个素不相识的外地施主，在一位热心施主的陪同下来到水观音，慢慢地踱着步，细细地察看了艰难铺展的工地，然后到僧寮参见了师父。他一见到师父，就像见到了观世音菩萨一样，双目低垂，双手合十，当即表示愿意全资捐建水观音。原来，这外地施主是个大老板，历经商海劫波，却一心皈依佛祖，他是被师父对佛主的虔诚感召而来的。他见师父和几个僧众实太清苦，就每人每月发放些衣单费，还专为师父配了一部崭新的"五菱"面包车。

金碧辉煌的水观音起来了，氤氲的香火起来了，佛光愿景大功告成了，师父却生病了，是那种一病不起，是那种无可救药。本来，我们对她一直都还算是悉心照料（当然，现在写下这句话，也觉十分内疚），除了经常看望，除了四妹长时在她身边，她那妹妹——我的姨娘，也专程来陪过她一长段时间，我们还邀请她出去旅游。跑贵州的小七孔，跑广西的涠洲岛，跑云南的丽江、泸沽湖，跑湖南的张家界、韶山冲，每次她都欣然应邀，每次她都游得开心。每每有人打来电话，她都幸福满满地回道：有施主又请我出来旅游了。师父病后，住了几次院，做了无数次这样那样的仪器检查，可就是不见起色，还说她身体机能基本正常。师父在无可阻挡地迅速衰颓，她提出要回到水观音去。在师父卧待圆寂那段时间，我因一件麻烦事心里十分窝火，整个人都几近爆炸了，但每个星期二、星期四下班后，我都到水观音去陪她度过漫漫长夜。我坐在她的床头边，给她报一家老小施主的平安，给她摆过往的龙门阵，当然也摆当年从乡下到资阳城的那些事，摆那满城乱叫、惹我生气的土鸡，摆现在农村光景好了，好多乡下人都不愿意把户口办进资阳城了，倒是好多资阳城里的人，在巴望着能花钱买到农村户口，好下去建房、搞开发的好事了。我就那样慢慢地摆着，她就那样静静地听着。我不知她是否在总结她的人生，更不知她究竟会得出个咋样的结论，我却在那样的自说自话中，居然渐渐得到了释怀：人生在世，苦难无尽，而再多的苦难，都是来渡你的。正如师父苦难的一生，怪谁？怨谁？怪只怪她吃的苦还不够多，怨只怨她受的罪还不够深。这样的释怀，使我轻松起来，竟还对我的老冤家——资阳城，渐生歉意。这样的歉意，在师父圆寂火化后（用专门火化僧人的柴炉火化的），我们一家老小施主在柴炭中分拣她的骨粒时，于我的心越加清晰明朗，仿佛同资阳城达成了和解，也同自己达成了和解。

师父这一代人，是被二元时代划归的农村人，自视为草芥、贱民。他们可说是最想过上城里人生活的一代人，却也是直到终老都没被城市接纳的一代人。不是他们自己还没攒够缘分，就是城市还没回过神来。他们对生活的欲望，与城市能够承受的给予、愿意给予的给予，相差甚远，格格不入，甚至，尖锐对立。他们，注定是社会转型的损耗，是时代进步的牺牲。由此，只怪罪城市是不对的，至少是不公平的，假如农村都好如城市了，哪会有那么多的悲情演绎。其实农村和城市一样，都是人的欲望的产物，是人的欲望把它们造就成了那个样子，是人的欲望把它们填充成了那个样子。假如它们有啥罪过，原罪还在人心，还在每一个人的欲望。对于如何管理好各自的欲望，有人浑然不觉，有人怨天尤人，有人以命相争，有人呼唤契约，更多的人随波逐流。只不过，师父，选择的是遁入空门。

我欠沱江一次伴流

一枚山猪儿，骑着一匹"抱鸡婆"，被一条四十公里长的乡土公路引诱出来，吭哧吭哧爬上了大洪坳。

河，河——大河！

那声猪叫，准确地说是一声笼子猪儿的惊叫唤，就那样甩进了大洪坳上，那五十余年前呼呼作响的朔风里。

后来，那条大河辗转托人透露口风：人家也有大号，叫沱江。

带话的人还极尽显摆：人家来头可远哩，绵竹九顶山，千里之外；来势可野哩，一路混杂毗河、青白江、湔江、石亭江甚至岷江的毛血，在龙泉山一鞭子撕破金堂峡；去势也可霸蛮哩，人挡推人，佛挡推佛，直奔泸州，一猛子扎入了长江。

再后来，那枚笼子猪儿给山包包里的苞谷、红苕胀的，被迫长成了人模人样的我；那匹被乡里人戏谑为"抱鸡婆"的手扶式拖拉机，也被强制重新投胎，跑成了在水泥路、高速路上撒野的"汽棒"。

只是，当年大洪坳上那一声惊叫唤，却常常惊得我心下叫唤，特别是眼下，特别是深更半夜枯坐成灯时：走过经年，咋就与沱江走散了呢？

大洪坳，是由东而进资阳城的望城坳，也是给山里人的一个下马威。

那当口儿，大洪坳脚趾头边的沱江和江那边宽展的平坝，平坝上牵连成片的房屋，是大得睁出了眼眶的。一江的水，一江的鹅卵石。似乎是因水多，就成了江；又似乎是因鹅卵石多，也就成了江。水是白花花的，也是蓝莹莹的；鹅卵石是圆溜溜的，也是麻杂杂的。江水就一个流，鹅卵石就一个退。两岸也就一个退，资阳城也就一个退。江鸥扑闪，惊得水面上的拖沙船、小舢板惶惑四散。

江边有个大码头，一个小晒坝似的汽筏子成天在那里火冒三丈喘着粗气，来回摆渡着进城出城的烦杂心事。难得一见的汽车，嗷的一声爬上去，威风凛凛。大"抱鸡婆"、小"抱鸡婆"突突上去，吵吵嚷嚷。马拉车、牛拉车、鸡公车扭摆上去，驾车人嘴里时常不干不净：你上不上去，你上不上去，唉？你不上去，谨防老子一脚踹你到水里去！像是骂牲口、骂车，又像是骂人。箩篼、背篼、提篼呼拥上去，长衫子、短褂子、桐油伞间插上去，乌烟瘴气。一切安放停当，汽筏子鸣的一声大哭，气哼哼地开始动用蛮力。载重过大，吃水太深，江水给压痛了，奋力推搡、拍打筏子。筏子与江水的纠葛，挣扎成一段旷世恩怨。直到20世纪70年代中期，一架大石桥雄赳赳拱身而出，才得以了断。

对面码头，站着一个白塔，经年累月憨痴痴站着。弃了船，绕过塔，踩着石砌堡坎拾级而上，资阳城沤了千年的气息和味道，才会扑鼻而来。有情有义的人说，那塔是资阳城有情有义的主人家，无论白天黑夜，无论刮风下雨，都矗在那里一视同仁迎来送往。胸有文峰的人说，那塔是敬重字纸的坟场，是资阳城的墨烟图腾。慈悲为怀的人说，那就是镇尺，抑制河妖兴风作浪。如今，那塔仍那样站着，只是因为堡坎的退让、河堤的退让、房屋的退让，已孤零零地几乎站进了水里。焚烧字纸的烟火，没见升腾过，滔天的浊浪倒是无数次从头到脚，把那塔洗涮得颜面尽失，甚或痛哭流涕。

不是没有触碰过沱江，不是没有亲近过沱江。我因摊上个在山里农场坐办公室的爹，他进资阳城开会、学习、办事的公干，偶尔也会成为对我的宠幸。有一次，我竟执意带上了弱小的老弟，为的就是当哥的怀揣的对他的一句宠幸：我带你到大河里去滚个澡！在山里，我带他滚过沙凼，滚过牛滚凼，就还没滚过这么大这么长一条河凼。那天，太阳是滚烫的，鹅卵石是滚烫的，河面是被烤化的，河沙是五光十色的。我是光叉叉的，老弟是光叉叉的，一如两枚褪了毛的小猪猪，在滚烫的河水里尽情翻滚。我的翻滚是友好的，老弟的翻滚是友好的，翻滚的两兄弟还从来没这么友好过。可是，老爹是恶狠狠的，翻来覆去地咒骂我两个要留待今后为他端香炉钵钵的可怜虫：规矩都不讲了！还敢下大河去扳命，给老子滚回去！不由分说，老爹恶狠狠地把我们两个押送至车站，押送上客车，押送着车子幸灾乐祸一溜烟开出城去。

此后多年，老爹的调教变本加厉，还时常提起那条大河，大河，俨然成了不可逾越的规矩。

当然，成人后，进资阳城成了家常便饭，甚至几经惨烈挣扎，身背无限爆棚的欲望，我挤进了资阳城混饭吃。殊不知，城里人有城里人的规矩，城里人有城里人的调教。光怪陆离的规矩像绳索，捆得世道没了是非曲直；五花八门的调教像皮鞭，抽得身边只剩下人情世故……沱江就陪在身边，就像陪在大洪坳脚趾边。也无数次同它打过照面，也偶尔人模人样地在它身边装装清闲，翘起嘴皮吹吹浮游在茶碗里的琐碎，打造激情同各怀心态的人推杯换盏。可是，沱江虽在眼里，却淡出了视线；虽触足可及，却不再入梦来。

　　猪呐（我的昵称叫"猪头"。也因此常常"自绝"于人类）！非得要肉身枯萎，才直视皮囊？非得要缘断红尘，才捡起善念？非得要寄情山水，才梦回本真？

　　可能是邯郸学步，抑或是东施效颦，我在一场酩酊大醉后，如先人一样徒生千古悲凉：我被活成了个啥？我被调教成了个啥？我被规矩成了个啥？我被人模人样成了个啥？那晚，资阳城的夜色看穿了我，沱江的夜灯识破了我。我擒住一辆出租车，勒令它把我驮到沱江边。我掬起一捧江水，江水从指缝间滑落那一瞬我幡然顿悟：一江的水，其实都是细细碎碎的水滴，犹如茫茫人海中的你我。但沱江的每一滴水，都流得那样认真，那样执着，那样纯粹。沱江的每一丝纹动，都契约着一个自由而决绝的灵魂。整个的一条河床里，流淌着的，是气势，是格局，是自在，是性情，是本真。

　　于是，我看见大洪坳，千年修炼，蹲成了一座大佛。我听见那个白塔，和沱江达成和解，站成了一个哲人。

　　我也看见了那个自己，沱江边，一颗人模人样的稻草猪头。

沱江边沉醉的夜色

最好有一轮老月，悬浮在酒杯里，只要酒水在续，它绝不会提前离场。

最好有一缕江风，轻轻掠过酒面，像撩动江水一样，撩起颤颤心跳。

最好有一两匹花瓣，或者一两片枯叶，跌落杯中，像惊起怯怯的夜萤，把酒水溅到几张油腻的老脸上，星星点点。

当然，最好的最好，是躲开城市的夜灯，径直搬到江水边，甚至把脚丫泡进江水里。

一张木桌，几张竹椅；一桌夜宵，几杯浊酒。

几个老男人，约醉在沱江边。

胖墩墩的，一大堆，是肖癫婆。

瘦瘦小小的，一根黄荆棍，是矮哥。

斯斯文文的，戴了一副眼镜儿，是笆箩。

干精火旺的，一口一杯一口一杯，是贤娃子。

磨磨叽叽的，心不在焉，心事重重，是我，昵称猪头。

我们都是小学同学，自封"衩衩裤"伙伴。我们又都是从七八十里外的乡下，一个叫老龙潭的穷旮旯，苦拼苦挣混进资阳城，才相聚在这沱江边的。

小城市有小城市的情调，"衩衩裤"有"衩衩裤"的底色。只要你寻得一个地方，几个电话下来，不出一支烟的工夫，几个定会屁颠屁颠地跑来。

用不着招呼，用不着客套，用不着排座，更用不着设防，直接开瓶，直接开闸。

肖癫婆，其实是个哥子。他自幼丧父，家道清苦，九岁时才打着一双光脚板进小学来发蒙。报名时，老师要他数芭茅棍棍，从1数到10，他哆哆嗦嗦地数了好几遍，都没数抻抖。他面相憨厚，也较规矩，可为啥把他称作了"癫婆"，现已无据可考。后来，他参军，读军校，参加自卫反击战，转业回来进了政府部门。居然，这个小时候衣不蔽体的乡野小子，娶得了资阳城百货大楼成天光鲜惹眼的女售货员。这癫婆。

矮哥姓彭。称他为"矮哥"，是近年来上了点岁数的缘故，以前都是直接称他为"矮五寸"，因为他自小就瘦小。他一家子本随当兵的父亲在西藏生活，后转回内地，被安排在本猪头家对面的国营农场。虽然本猪头家只有父亲在农场工作，但我们两家的关系很好。最温暖的记忆是，当农场伙食团难逢难遇炸一次油条时，我会拎个篾箕去买点打牙祭，矮哥的父亲——彭叔叔，笑眯眯的主厨炊事员，总是一手把称好斤两的油条往我篾箕里倒，一手又迅速地另抓起一把油条往我篾箕里塞。他晓得我们身在农村不易，晓得我家几个小崽儿嘴馋。矮哥初中毕业后不久，小小年纪就接受安排参加了工作，却是去了一个边远小乡的供销社代办点，多时还得自己用自行车推起货品去赶乡场摆摊摊。可就是这样，瘦瘦小小的矮哥，没几年工夫，居然坐上了区供销社主任的位子。那可是一个拥有数百名职工的大区供销社，一个当时在全省都响当当的先进农村供销社。有一次我下乡采访，巧遇矮哥，自然有摆不完的龙门阵，碰不完的杯。在送我去旅馆的乡区公路上，矮哥终于说他遭不住了，想吐，我说没啥，我陪你吐。他果真小嘴一咧，"哇哇"大吐，一阵恶臭荡来，立马把我也给带吐了。我俩互相逗乐打趣，互相拍着肩背，吐尽了满腹的污秽，也吐出了满眶的眼泪。当时我心下十分感慨：不容易啊，这矮哥。

笆箩姓刘。之所以被称作"笆箩"，是因为他那颗大脑袋没有后脑勺，人说就像一个笆箩。他一家子原本也随当兵的父亲生活，只不过是在北大荒，后也转回本猪头家对面的农场。他父亲戴一副眼镜，风趣，幽默，似乎很喜欢过冬天，因为一进冬天，就戴上毛军帽，披上毛军大衣，穿上毛军皮鞋，在农场里晃来晃去，煞是威风。他父亲在农场当会计，我的父亲是出纳，据说两人很好，好得来几乎是穿一条裤子的。笆箩比我小一个多月，他母亲上班时（其实就是去农场的坡上坡下干农活），莫法带他，就经常抱到我家来跟我做玩伴，因为我的母亲虽然身处农村，却是个不大出工的裁缝，多时坐在家里踩缝纫机，可以照看我俩。那时的我俩，说是在一起玩，但几乎没啥玩具，于是，当我睡小摇篮时，他就来玩我的小雀雀儿；轮到他睡了，我又去玩他的小雀雀儿。所以，我俩也很好，也好得来几乎是穿一条裤子的。后来他考大学，留城教书，转入一党委部门，我们一直都很好。

贤娃子姓卓，家在老龙潭街上，是个地地道道的"街娃儿"。他母亲原在大西北工作，是一名铁路扳道工，后回到老龙潭，进了社商，成为厨娘。她煮得一手奇香无比的冬菜臊子面，一角二分钱或二两粮票一碗，是整个老龙潭登峰造极的绝顶品牌，香得你扒尽面条、喝干残汤，甚至舔净碗底。我们割牛草卖，割蓑草卖，挖麻芋子卖，剥芭茅壳壳卖，为的就是能攒下钱，去吃上那么一碗面。他母亲能说会道，嗓门粗犷，语气斩切，还常常嘴上叼着纸烟。她的干练、威仪和亲和，为贤娃子营造了优越、自信和要强，我们都为有他这样一个"街娃儿"伙伴而心下自得。贤娃子只有两个妹妹，他是唯一的儿子，高中毕业后却坚决参了军，摆弄上了重机枪，还当上了班长。部队奉命要开赴老山前线，他不顾母亲、妹妹们的担忧和反对，坚决写了血书，坚决请求参战。他还把随身多余的东西打包，坚决托人捎回老龙潭，交给他母亲。不想，他母亲自然就将之视为他的"遗物"，一时呼天号地，悲痛欲绝。这样，贤娃子"壮烈"了的光荣噩耗，迅速躁动老龙潭，弄得乡民父老都为他不尽唏嘘。我的母亲去街上赶场，他母亲瞟见了，赶快丢了锅铲、汤勺，跑出商店来，一把抓住我母亲的手，泪流满面，泣不成声：你的儿……才好哦，你的儿……才好哦！那时的我，已经顺顺利利地从师范校毕业，成天和和美美地跟学生们一起诵读 A、B、C 了……最终，贤娃子毫发无损地钻出猫耳洞，转业回来进了一家设在资阳的省级单位。

江月当空，江水静流。

江月曾经照古人，江水只洗今人心。

掐指一算，沱江边三十余年的岁月付诸东流了。

我们几个"衩衩裤"，没有相邀，没有相约，却都随着来自四面八方的汹涌人流，一个个先后挤进了资阳城。或只身一人先打前站，或拖家带口如蜂逐蜜。资阳城似乎因我们一个个的到来而一次次被挤爆，恣意地沿沱江两岸延展开去，由最初的小县城逐步拉开了中等城市的骨架；又似乎因我们的陪伴和祈盼，也一天天俏丽起来。满河坝的高楼，你指点都指点不过来；一城池的灯火，你顾盼都顾盼不过来。最是沱江边的夜色，因城市功能的分区，上游地带的工厂都归进了专门的园区，而少了轰鸣的聒噪；又因城市水体景观的需要，沱江城区段的水位得以提高，而添了舒缓的宁静。沱江边的夜色，如酒过衷肠，是沉醉的；如江风拂面，是轻身的；如江水沐顶，是洗心的。

三十余年的劳累和奔波，荣辱自顾，苦乐自知。晋级了吗？涨薪了吗？被头儿打压了吗？受同人排挤了吗……沱江边的夜色里，没有这样的话题。一如"一切苦难都是来渡你的"之玄奥，没人想去妄加道破。然而，在沱江边资阳城的弥漫烟火气里，我们不约而同地完成着人世间的既定程序。我们养大了儿女，成为对自己人生聊有交代的人父；却又送走了父母，反倒成了没爹没妈的孩子。

我们的父母，或遭意外，或因病痛，或寿终正寝，先先后后相约而去，虽说都带着后辈还算过得去的孝顺，却也不知带着多少没能说出口的牵挂、苦痛和不甘。每当那样的至暗时刻袭来，我们都能跑一趟跑一趟，能抬一把抬一把，能烧一香烧一香，相互帮衬着迈过心理的坎口。

贤娃子的母亲，头天本猪头带着儿子经过一个门店时，还巧遇了，她在门口悠闲地吃着炒花生。她抓了一把花生，热情巴巴地非要塞给我儿子，我儿子顽劣，转身拔腿飞跑，她还高声武气：跑啥子嘛跑啥子哟？！语气还是那样斩切。我因得去追儿子，就还没来得及同她多说几句话。不想，第二天噩耗传来：她在家里受惊摔倒，就那样去了。原因是她听说她的儿子，贤娃子，为控制一伙当街闹事的歹徒，身上被插了两刀。

笆箩的母亲遭遇车祸，突然去世，他来报信，先敲开我的房门，然后退到花台地坝里把我引出门去，突然双膝跪下，俯身号啕起来：哥啊，我的妈妈走了啊……他的父亲因病去世时，本已调进城里的一个单位。可他几兄妹依然恳请由他父亲的老单位，乡下那个农场，开追掉会，并由时任书记、场长——我的父亲致悼词。我连夜帮着写好悼词，让我的父亲与他昔日的好哥们儿来了一次悲痛淋漓的告别。

本猪头的父亲，也是因为意外摔倒而突然去世。那时，因社会变革，他们那国营农场已收刀检卦，卖给了民营，退出了历史舞台。几个"衩衩裤"帮着我和亲属，理罗着大凡小事，是绝对的主力。甚至，矮哥往人前一站，就把追悼会给主持了。悼唁厅里，我父亲的灵柩旁，众多至爱亲朋前，矮哥的声音一启，催得我越是伤情感怀，泪水扑簌簌滚落下来。

江月一晚又一晚地升起，江水一夜又一夜地奔流。

沱江边沉醉的夜色，是歇脚石，是懒板凳，是消减阀，是净心液。

但，曾几何时，沱江夜色的沉醉里，几张老脸是越加油腻。

有人带头当公公、带头当爷爷了，却也有人带头生病、带头退休了。千古一律的人生程式，该来的都一直在来。

父辈们的命运是艰辛的，因要操心我们而又更加遭罪。可轮到我们这一代的人生，是有幸还是不幸？是清醒还是糊涂？是志得还是疲惫？是意满还是心碎？

沱江夜色的沉醉里，心不在焉、心事重重的本猪头，仍在磨磨叽叽地掂量人生。

笑笑的老岳母

仿佛有个啥，居然与她不期而遇。肯定还在她那心田，掠起了一丝儿涟漪，从眼神到脸颊荡漾开来。她笑了。

那笑，很自信，很认定。

很快，她就成了我的岳母，一个一见我就笑笑的老岳母。

我就是那个啥。

可到底是个啥，我自己也拿捏不准。蜻蜓？算不上。翠鸟？算不上。流星？更算不上。

蝙蝠吧，一只本就黑不溜秋，却又在黑咕隆咚的子夜落单的蝙蝠。

老婆是她家中最小的女儿，而我当时遭遇家庭变故，已三十好几，成了她岁数最大的女婿。几个女婿的排行，仿佛一下子遭打乱了，咋个称呼我，一大家子一时措手不及。

仅就岁数大小，叫我"老大"？不妥。仅就排行先后，叫我"老幺"？不妥。

那叫我乳名"唐二"？叫我尊称"唐老师"？叫我网络昵称"猪头"？也不妥。

最后，还是老岳母一笑定乾坤：就叫名字，"俊高"。

俊高，你来啦？俊高，喝白酒还是喝啤酒？俊高，你煮的鱼，不咸不辣，三姐他们说正合口味……

老岳母总是笑笑的，把她的老女婿对付得心头暖暖的。

我也尽着心力，讨老岳母的欢心。

换新车后，我拖上老岳母老岳丈，到三亚去逛了一大圈。为方便二老，还特地用轮渡，把车背过了琼州海峡。

只不过，出门上车时，我才真正意识到，老岳母就一个城郊沱江边的小老百姓，成天进城卖菜，有时一天跑几趟，偶尔坐坐公交车、挤挤汽筏子，却一辈子都没坐过小车，没出过远门，连开车门关车门都不会。

我也才发现，老岳母善琢磨，她眼神里流露出的笑意，几乎都是她琢磨后做出的自信满满的认定。

比如，高速路上，一直阻拦在公路中间的啥隔离带，她显然不认识，但一番琢磨，认定了：俊高，我们回转时，就该走那边了哈？

比如，广西境内，见了离堆似的山丘，特别是有的村寨，周围都是房屋，独独中间立着那么一堆两堆，她一番琢磨，认定了：俊高，肯定是他们挖平坝建房子时专门留下的。

比如，在宾馆，她拿小牙膏莫法（她不知道盖帽上有个小顶锥），撕不开，咬不破，她一番琢磨，认定后，笑吟吟地操起水果刀就杀：你以为我就弄你不开嗦？

比如，在天涯海角景区，我们躲在椰树下砍椰子、看海景，她却琢磨上了头顶上来来去去几乎没断过线的飞机，又认定了：俊高，你看那架飞机，就在那里飞了一下午了哦？

对于飞机这个问题，我想通俗易懂地给她解释解释，但苦于不知该咋说。这时我老岳丈露了一嘴：妈的，你以为就只有一架飞机？那个跟公共汽车一样的哒嘛！老岳母给呛了个够，但还是笑笑的。

最记得老岳母那笑容的，是去验收她和老岳丈的寿山时。

寿山，是活人给自己预先拱下的阴宅。那是一个人在人世间受苦受难一辈子后的最终归属，往往被重视得如修房造屋。

老岳母老岳丈都已年过八旬，便将省吃俭用积攒下的一把钱，尽数花在了这身后事上。

只不过，这些年资阳城迅猛扩张，城郊的沱江边已属开发用地，两老这才发现，生活了一辈子的衣胞之地，已再无他们最后的容身之所，只好顺沱江而下二十多公里，求到一家老亲戚门下，流转到了一小块坡地。

只不过，两老没向儿女们张过口，没让儿女们费一点儿心。从找地、找人，到谈工时、谈价钱，等等，均为自行其力。

直到就要封门那天，两老才叫上一大帮儿孙：走哇，去看看。

是哦，是应该去看看。因为封门后，门前就要垒起泥土。也就是说，二老实是在有生之年，去自己的最后归属看上最后一眼。

两老的寿山，依坡下凿而建，全用石头砌成。高可容人直立而入，宽比阳宅的窄末卧室。就像如今阳宅的修法已采用不少新技术一样，寿山所用石头，均是事先在石厂里切割、打磨好的漂亮模块，整个寿山，就是用这些漂亮的模块组装而成。

寿山墓室一分为二，门前的一条走廊又把两室连通在了一起。

老岳母笑笑的，看看寿山，看看老岳父，一番琢磨，认定了：男左女右，我的是那间。

又看看走廊，又看看老岳父，再一番琢磨，又认定了：还可以串门，白天黑夜都可以摆龙门阵。

儿女也笑笑的，顺着敷好话：

秤不离砣，公不离婆，你俩哪个还离得了哪个吗？

你刚嫁进陈家，那时饭都吃不起，还非犟着建房子不可，那土墙房子，哪有这个好？

后来，社会刚一搞活，能吃一口饱饭了，你又犟着建新房子，说是娃儿多了，也长大了，要住得开，但也只是裸砖砌的，火柴盒一样，哪有这个好？

…………

中午吃馆子，也把那几个修山的师傅请了，由老岳父陪坐一桌。

我陪老岳母坐在另一桌。我发现，老岳母笑笑的眼神，没在这一桌的饭菜上，而一直在那一桌的老岳父身上。

那天老岳父高声武气，精神十足。他一忽儿起身去拿烟，一忽儿起身去拿酒，平时不沾酒的他，竟也倒了一小杯，还频频起身举杯去碰，身背一个小挎包，像个小伙子一样。

老岳母笑笑的眼神，就那样往那一桌的老岳父身上一个劲地瞟，瞟。我想，她肯定又在心里认定：那还是当年那个小伙子。只不过，这次她没说出来。

我十分留意她那眼神，但我也只当没看见。

和平路

嗤——你连和平路都没去踩一趟?!

我们泥脚杆，离城八十里，有些是一辈子也进不了一趟资阳城的。但凡进了资阳城而没去和平路，是要遭侉的。进没进过资阳城的都要侉你，把你侉惨。

那可是老资阳城的脸面了。

甚至，几可是资阳的资阳。

资阳城的和平路街，宽，直，长。

和平路建于解放初期。想必是建了资阳火车站，要让南来北往的人们大行其道的缘故。

据说当时表态的是县政府的主要领导。据说他们就因把一条街建那么宽，后来还受了处分。

推! 给我推一条像模像样的大道出来! 想必当时他们是站在火车站前的土堆上，朝着下面七零八落凋敝衰败的，还算不上街区的棚户，大手一挥，就把事儿定了。

40 米宽，约 1000 米长，这在当时解放不久的川中丘陵弹丸小城，确实是冒了一个大泡。县政府领导处分是挨了，但电影院、剧院、旅馆、百货大楼等大型建筑次第耸立，学校、医院、商铺、民居等一拨接一拨，和平路迅速洋盘起来，整座县城也跟着洋盘起来。年来年往，和平路几经改造，街边的建筑也几经更替，但即使是两边的地寸土寸金，资阳人也都只是不断地延伸着它的长度，颇为固执地呵护着它的宽度。这使得和平路不仅成了老资阳城的龙脊，也成为新建其他街道的标杆。就连到了20世纪八九十年代有的乡镇修建街道时，主事的人都不容分说：要推就推和平路那么宽！

最初的记忆

本人出生于1965年。虽是小泥脚杆，但记事很早很早。而最早形成的记忆影像，竟就在和平路上。

那是因为我父亲在和平路上的一次"表演"。那一幕，万人驻足。

那时闹"文化大革命"，还闹武斗。父亲当时是我家对面那个国营农场的出纳，"文革"伊始也跟着加入了本场的红卫兵团。那农场的人员虽然被唤着"工人"，其实都是从附近乡坝抽来的农民，仍是泥脚杆，仍是干农活，只不过每月有工资拿。武斗一起，那些泥脚杆红卫兵心虚了，连团长都缩了脚，群龙无首。不甘寂寞的父亲，认为机会来了，自请为匪长，每晚把红卫兵们团拢到食堂里的收音机旁，收听北京的声音，北京喊做啥就做啥，只是不准外出生事。一时场内风平浪静，生产、生活、学习依旧。可正当父亲和他的红卫兵们沾沾自喜高枕无忧时，城里的另派红卫兵团全副武装突然来袭，手无炮火的父亲和他的红卫兵们遭撵得鸡飞狗跳，最终束手就擒。父亲作为团首遭押进城里关了起来。

我娘就背着我进城来探视我父亲。

我娘16岁就嫁给了我父亲，那时二十出头。虽是女泥脚杆，但也不怕事，上至成都、下至内江都走过一趟又一趟，进一趟资阳城，自然不在话下。

母亲背着我走一阵，又牵着我走一阵，在城里悄悄四处打听：那些遭押进城来的坏人关在哪里？我要去找那些坏人报仇，你晓不晓得他们在哪里？可无论她怎样巧言令色，引来的都是警觉、惊惧、怀疑、无奈的眼光。最终她寻夫未果，只好领着我坐在和平路边歇脚，怩西惶惶地看着人们在眼前走过来走过去。

爷爷！爷爷！我突然看见了父亲，叫出声来。

在哪里在哪里？母亲开始急切地四处张望。

爷爷！爷爷推车车。一街的人我都不认识，但自己的老汉绝不会认错。

（这里的"爷爷'读作"yaya"，意即"爹爹"，与《木兰辞》中"阿爷无大儿，木兰无长兄"中的"爷"一样。从江西、湖南移民过来的"湖广人"对父亲的称谓之一。）

一辆木架子车，沿和平路自上而下缓缓而来。一个人在前面拖，一个人在上面困，一个人在后面推，旁边还有两个荷枪实弹的红卫兵押车。

架子车上那个人，困在一个大竹篮子里，看上去困得蛮熟。由于身子长，篮子矮，脑壳和脚都翘在外面。那脑壳脏兮兮的，头发里都是泥巴。那双脚同样脏兮兮的，打着光脚片，直挺挺地翘着，忒打眼。推车的人其实没在推车，是将自己的两只手掌严丝合缝地抵着那两片光脚掌，在推人。

在后面推的就是我父亲。

我父亲矮矮小小的。要是在农村，恐怕挑点重担子都恼火，好在读了些旧学又读了些新学，才能够到农场的办公室里去捏笔、拨弄算盘珠子。此时他身子向前弓着，脑壳向下勾着，屁股向后孔着，双手向上撑着——因那双光脚片在那里高高地翘着。

唰——！街上的人一下子都把眼光甩了过去。那辆架子车走到哪里，哪里的人都驻足紧盯。

母亲一把抱起我，向街上紧赶了几步，又突然收了脚。

死的？

死的？！

人群里有人惊骇起来。

困在架子车上那篮子里的，确实是个死人。

我父亲就那样用手掌撑着那死人的光脚片。

在那么大一条街上，在那么多眼光的挤压下，父亲显得忒矮小忒矮小。

我父亲走过我们面前时，我见他因坐办公室本来白净的脸，像遭人胡乱地抹了几把，黢黑；平日里还算齐整的头发，好像遭人胡乱地搅了几下，稀乱；一双本来清亮有神的眼睛，也好像遭人胡乱地抠了几爪，血红。

我父亲和那架子车沿着和平路渐行渐远，朝沱江河坝去了。

天上的太阳火辣辣地盯着，也跟了去。

母亲没再动步，也没再开腔。

母亲不怕事。她怕丢人。

多少年后，我父亲曾主动提及过和平路上那一幕。

我父亲还原了整个"表演"，这帮我完善了一个个细节，更帮我建立和加深了感受。要不然今天我怎么也不可能完成如上的讲述，因为那时我才三岁多，小泥脚杆一个。那一幕于我，也还仅仅是一片模糊的记忆。

我父亲说，那次他被关在城北的莲花山上，受审，挨斗，接受思想改造。

那死人先是被当着在武斗中牺牲的英雄，送上山来窨在烈士陵园，可很快又被查明其实哪是"英雄"，是在武斗中报销的"狗熊"。

敞坟！抠出来！丢出去喂狗！山上的红卫兵被气蒙了。

有个奶里奶气的红卫兵难解被死"狗熊"欺骗之恨，还想在脑壳上补一枪。我父亲说：算了，莫让他的污血脏了烈士的地榻。干脆把他窨到河坝去，大水一发，能冲好远冲好远。

红卫兵允了。但多少又觉得我父亲是在同情他们的敌人。便恶作剧般地命令我父亲推车，但不准推车身，不准推竹篮，只准推那双死光脚片，还不能抓着推，只能用手掌抵着推……

母亲在一旁没好气：你还好意思翻出来说！老子——我母亲一般不自称"老娘"，一般一出口就是"老子"——老子喊你莫去跳莫去跳，你就是不听。再跳，就该推你的死光脚片了！

这样的抢白，有些恶毒了。但父亲没予理睬，只是勒了一眼。

嘻——！当年的泥脚杆红卫兵团团长，有他自己的喟叹。

那时的滋味

我父亲在国营农场做干部，他要么一趟要么一趟地进资阳城去开会、办事，我就有了要么一趟要么一趟尾随进城的好事。全村的小泥脚杆，哪个有我幸运？

满街的人，一个都不认得。小小泥脚杆就像小小流浪狗，在和平路上东一趟西一趟地嗅。

和平路上最浓烈的味道，是毒日烤化沥青后的煳臭味。那沥青一化，热气蒸腾，味道刺鼻，踩在上面还黏脚。要是小小流浪狗脚掌上有毛的话，还不早就给黏脱了？

和平路上最抓心的香，是火车站售票大厅里的水果香。就因里面有个卖苹果、香蕉等稀罕水果的柜台，满屋生香。直到几十年后水果遍街的今天，我都在试图重新回味起那香味，但均为徒劳。只好认定那时的香味太少，不含混，那香，纯粹。

和平路上最馋人的地方，是十字路口和平旅馆旁的那家东北抄手店。抄手那东西忒贵，可不敢敞开肚皮吃，所以至今我对抄手都还情有独钟。

那店铺里，一年四季都有一个叫花子盘踞。那叫花子是个年轻壮汉，靠主动帮忙收拾碗筷得以捡些客人的剩汤喝。他的眼睛不盯人，尽在桌子上和地下睃寻。好不容易喝到一点儿别人留下的残汤后，总是把嘴一抹，一只大拳头猛地砸进另一只大手掌里，弄出"啪"的一声响动，然后大吼一声：哪个借我两块钱？饿恼火球了！口气耿直豪爽，眼睛同样不盯人。

（改革开放后，我曾在城边的大洪场看见过那壮汉，一眼就认出了他。当时他和几个人在忙着装车，指使这个指使那个的，咋咋呼呼的，还是那样耿直豪爽。只是略发福了些。）

这使我注意到了和平路上的叫花子。在火车站下面的坝子里，我听到过两个叫花子相互炫耀。一个从脏兮兮的口袋里摸出半块脏兮兮的馒头：今天安逸，我么儿给我留了个粑粑！另一个把一个烂兮兮的瓷盅凑到嘴边，"嗦——"地嘬了一口：今天我孙儿还孝敬了我二两烧酒嘞！

只听说城里人傲兮兮的，没泥脚杆厚道，却不想这城里连叫花子都这样显摆，还损人。我没敢招惹他们。

但有一个叫花子，我是同他过了话的。一个脏得已看不出年龄的壮劳力，因天冷，顶着一头蓬乱的长发，蜷缩在街边一家馆子的灶墙外。

你咋个蹲在这里？我问他。

兴许他像我一样在这和平路上难得跟人讲一句话，他居然搭了腔：这里有灶，热乎。

你有家吗？

我哪么会没得家呢！

你不回家？

不回。

哪么不回去呢？

屋头娃娃多，吃不起饭，还要补工分钱。

这使我十分惊讶。唔，他还有娃娃。唔，他连娃娃都不要了。

也许见我是个小泥脚杆，他也没忘了显摆：我都出来好多年啰！

唔——"出来"?！他使用的是"出来"。那可是那个年代最值得显摆的词儿，意即脱离农村，脱离贫穷，脱离苦海。那时我娘就一个劲地哄我攒劲读书，今后好"出去"当工人拿工资。我还在攒劲要"出去"，人家就已"出来"好多年了。

啧啧。

连环画书摊、剧院、电影院，味道特别，牵魂似的牵动着我的双腿。

连环画书摊设在一个简易棚子里，里面摆满了难见的宝贝。小人书，都是小崽儿在里面翻，但也有个别大人。虽然一分钱看一本，但在这和平路上要花钱的地方多，还是不敢多看。就老是有小崽儿偷着跟人换书，有时也有大人搞这名堂。这是严禁的。守书摊的太婆眯缝着眼坐在那儿，看似不经心，却把一棚子人的一举一动看得清清楚楚明明白白。只要她一咳嗽，棚子里就规矩了。只要她一起身，就有败露者甩了书本夺门而逃。我是乡下小泥脚杆，胆子虚，从不搞这些名堂。但每当这时老是脸红心跳，好像是自己做了贼似的。

剧院的味道火爆热烈。川剧锣鼓家什一响，幽怨的胡琴高声武气地一哭，幕后就有人惊抓抓地帮起了高腔，穿红戴绿的男女抹了花脸一板一眼地就登上场来。看《小刀会》时，我旁边的两个女的一边打着毛线衣，一边笑嘻嘻地议论：狗日些还演得可以哒！还一个一个地点出了台上演员的名字。我才晓得这是我们县川剧团自己排演的，才晓得那台上的哪个哪个平日里就在和平路守凉水摊，哪个哪个就在和平路守冰糕摊，哪个哪个就在和平路守连环画书摊……还真看不出，平日里在和平路上一点儿不显摆的人，这么有能耐。

那时的电影院，是个一天到晚都汗臭扑鼻的地方。可闻着舒坦。

特别是上映新片子的时候，人挨人，人挤人，人推人，门口检票的人也比平时格外威风。

战斗故事片《侦察兵》特别令我"浑身心跳"：我们的侦察兵走着走着，一双双布绑腿"自动"地就换成了国民党兵的皮鞋！我们化装成国民党作战处长的侦察参谋，在国民党大炮的炮筒口子上一抹，白手套即刻黏上了黢黑的炮灰，一声"妈拉个巴的——"，把国民党的炮兵些骂了个狗血淋头！还是我们的那个侦察参谋，带人摸进国民党炮团团部，驳壳枪一比起，国民党团长就给吓得汗如尿飚……

过瘾过瘾，太过瘾了！但这瘾没过够，还想过。怎奈父亲给的钱极为有限，不可能买得起第二张电影票了。我就只好在检票口候着。

同样候着的，还有几个城里的小崽儿。他们一次次地往里冲，但一次次地被检票的人呵斥住，给搡了出来。我规矩，只是眼巴巴地候着，并想以此打动检票人员格外开恩放我进去，但只是落空。

我突然想起电影院里应该有个熟人，那就是经常带着机子、片子下乡来放坝坝电影的刘叔叔。放到我们那一片时，差不多都是我母亲煮饭给他们吃，便又巴望着他像神仙一样突然出现在我面前。

望啊望，一拨又一拨的人进去，一拨又一拨的人出来，我失望到了极点。

突然，我听到了一个熟悉的声音，接着又看到了一个熟悉的身影。刘叔叔，刘叔叔！我高喊起来。

刘叔叔盯到了我，威严地皱着眉头从上到下地打量着我。

刘叔叔，我要看电影！我像见了久违的亲人，来救我命的亲人，眼泪水一下子飙出了眼眶。

刘叔叔威严地问：你是哪家的崽儿嘛？唵？你的老汉叫啥名字嘛？

我的天，他不记得我了。也难怪，他走的地方多，吃过饭的地方也多。

我呜呜地哭开了：我是唐……

刘叔叔松开了眉头上的褶皱：哦，唐团长的崽儿嗦！快进来快进来——

我一下子蹿了进去。

莫哭了莫哭了。刘叔叔帮我揩去脸上的泪水，牵上我的手：走，我们去帮解放军叔叔消灭蒋匪帮！

拜桥保

提起拜桥保，还不是因为儿子的一副可怜相。

性急的儿子，只在他娘的肚子里待了七个月，便恰恰在我生日那天，"哇"的一声蹦到人世，成了我的"隔代老庚"。医生一过秤：3斤6两！……抱着瘦弱无比的儿子，我心里没了做父亲的激动，也没了做"隔代老庚"的惊喜，平添无限的愁烦和紧张。

刚出世的儿子即刻就被抱到儿科去住院观察，又是输液，又是输氧，我和奶奶一守就是四天四夜。先担心儿子吃不来东西，我便要来棉签，沾上糖水，放在他的唇间，教他吮咂。后又担心儿子喝奶瓶会被呛了，我便去买来滴管，汲上糖水，一点点地滴进他那小嘴。羸弱的儿子脾气还不小，动辄小嘴一咧，满脸松松垮垮的皱纹就成了怒放的花朵，我又担心他一口气回不过来，只得心惊肉跳地一趟趟跑出病房去"躲"……

奶奶就提出要给她可怜的小孙子拜保保，而最灵验的是拜桥保。拜桥保，是家乡的一种风俗。要给娃儿拜桥保，做父母的一大早就得抱着娃儿，带上红包或礼信，随便赶到一座桥边，遇到第一个过桥人，就拜他为娃儿的保保，并请他为娃儿取一个保名。奶奶说，拜桥保一定得心诚，所遇到的第一个人，无论男女老幼，无论是穷是富，哪怕是瞎眼跛脚，都得诚心拜他。也不管是外乡客，还是本地人，不用问他姓和名，也不问他来去何方，只管拜他就是。也不管他取的是啥名，都得诚心诚意接受，不然不灵验，对娃儿也尤其不利。奶奶还举了一个例子：有一对夫妇一大早遇到的第一个过桥人，是一个八九岁的小男崽，还没醒事，听说请他当保保，还要取名字，他撒开腿飞跑，边跑边叫唤：我取，我取，我给他取个——锤子！（在家乡，"锤子"是骂人的俚语）这对夫妇大惊失色，但还是只得诚心接受。从此，他们的娃儿便被人唤成了"锤子"。

奶奶的提议，我没太在意，那不过是哄哄自己、求些宽慰之举，何况还有"锤子"一说实在令人哭笑不得。如今世风动荡，人心不古，求人救助，谁知会遭遇些什么？

可拜桥保之事到底还是又被提及。那是因为儿子满月后，居然掉了二两，只有3斤4两了！于是儿子的母亲便提议：既然已提出拜桥保，那就了个愿吧。

不知怎的，一想到向人求助，又尤其是替可怜的儿子向素不相识的路人求助，我心里很不是个滋味，特别紧张。一大早抱着儿子站到西门蓝家坡黄葛溪桥头上时，一颗心更是高高悬起。儿子的母亲倒是几乎无所顾虑，神色十分虔诚，专注地留心着将碰到的第一个过桥人。很快，有人来了，是个青年妇女，蹬着货三轮，轰然作响，匆匆迎面而来。她越骑越近，我越是迈不动步。儿子的母亲倒是似乎不假思索，赶快大跨两步，迎了上去。喂，大姐！儿子的母亲笑吟吟地叫了一声，青年妇女诧异着停下了车。她的货箱里放着油腻腻的筲箕和同样油腻腻的秤具，她显然是个卖猪头肉之类的熟食的，才赶了早场来。儿子的母亲双手递上红包：请你给我们的娃儿当保保。青年妇女似乎一下子明白了，红扑扑的圆脸上顿时漾起会心的、略带羞涩的笑，然后大大方方地接过了红包。我深受感动：请你给你的干儿子取个名字吧！青年妇女很注意地看了看我怀中的儿子：姓啥子？她显然很懂这个风俗。我说，姓唐。她扬起头，看了看仍红彤彤的太阳，略加思考，那就叫"明明"——"唐明"。我和儿子的母亲连声致谢，青年妇女也无多话，笑笑地骑车而去。

儿子现已 30 岁，硕士研究生毕业后已参加了工作。我常把这个故事讲给他听，意在要他记住还有一个仅一面之交的干妈一直在祝福他。儿子每次听了，都天真地说：我好想看看她！

老大

老大是我儿。大儿。

突然想勾勒他几笔，是因为最近我清理办公室，翻出了他才11岁时写给我的一封信——老爸：我有了梦想，想当一名作家，出一本书。

当时我就把这看作老大幼年时期的最大收获，深感欣慰。因为他学习成绩并不咋样，当属常人眼里的那种"学渣"。

而如今，学渣老大居然出落成了一个硕士研究生。我这做老爸的着实有点飘飘然，逢人就想显摆显摆。

老大只在娘胎里待了7个月，就在我28岁生日那天，急急慌慌地降临人世，成了我的"隔代老庚"，我对他备感珍惜。又因体重只有3斤6两，我甚至是备感怜惜。后来因为家庭变故，他又没生活在我的身边，我更是备感疼惜。

我一心希望的是让老大健康成长，快乐成长，正常成长，首先长成个人。所以，对于他的学习，我从未加过码，也没给他选过校，没选过班，没找老师给他补过课。

也许正是应了我的这种"松散"，老大的学习一路跌跌撞撞，扑爬连天，成绩一直在班上"吆鸭子"（川话，意即"落在后面"）。

他的老妈也不介意，不过，对他的成长路子，引导得很正。

高考临近时，同学些都在头悬梁、锥刺股，磨刀霍霍，老大却突然提出要回家自学。我便在一天夜里，他晚自习下课时，到学校门口等他，跟他谈心。

原来他已十分反感三天两头都在考试的应试教育了。

当时我沉默良久，真正是难以决断。我问他：你的梦想还在不在？在！他几乎是脱口而出。

也正是因为这一点，我认定他梦想在，心劲也就在，我对他表示了他特别需要的理解。

高考下来，老大却只上了专科线。从他凝滞的神色，我当然能觉察出他内心的失落和愧疚。

我们一起坐下来选填志愿，首先达成共识：人生最重要的是必须要有梦想，才不至于一辈子碌碌无为。但梦想又必须得以现实来支撑，不然就会成为空中楼阁。而眼下的现实是，填志愿其实是选择专业，选择专业其实是选择人生。选择一个今后大有可为的专业，对人生梦想的实现大有裨益。

我给老大的建议是：学农吧。理由有二：一是我们国家的现代农业方兴未艾，要想赶上世界先进水平，还有很多文章要做。二是爷爷当过农场场长，你老爸我在工作、创作中，也特别关注农业、农村、农民。这是我们的根。假如你此生能参与国家对"三农"的改造，说不定大有作为。

老大默默地接受了我的建议。所幸，后来被只在四川招录 5 名学生的上海农林职业技术学院录取。

我把老大送进学校，逛了校园，察看了食堂，帮他铺好床、挂好蚊帐，就该分别了。对于这一刻，我曾做过一次次设想：抱抱他？亲亲他？至少，拉拉手？可真正到了这一刻，却只有一句嘱咐了：儿子，早做准备，去升本！

后来我多时都在想：我给老大的建议对吗？这条路适合他吗？会不会委屈了他，甚至耽误了他？

我时不时地联系老大，更多的是问他在干啥。他的回答差不多要么是在图书馆，要么是在实验室。我下细地揣摩着他的口气，生怕含有一丝抱怨和委屈。

老大专科毕业后，去了扬州大学升本，我悬着的一颗心终于落下。我也时不时地联系他，更多的也是问他在干啥。他的回答也差不多要么是在图书馆，要么是在实验室。只是我已不再小心翼翼地去揣摩他的口气了。

老大时常跟我提起他的老师，很年轻，很优秀，从大学到硕士研究生到博士研究生一路都是保送，到扬州大学更是作为高端人才引进的。老师很关心他，鼓励他趁年轻多读点书，甚至还把他叫到家里去吃饭，等等。我知道，老大有幸遇上了人生中的"贵人"。

果然，在老师的鼓励下，老大参加硕士研究生考试，一举超过国家录取线60多分，被天津农学院录取。

老大说，准备考研期间，老师给他推荐了好些书让他去啃。并明说：我没参加过这样的考试，不要指望我给你圈啥重点，自己努力吧。老大还说，从笔试到面试期间，晚上做梦都在啃书。

从上海到扬州，再从扬州到天津，老大走的是一条艰辛之路。不过，这也应该是一条通向梦想之路吧？

搭铺

　　父母给我说好的搭铺老师，竟然是蒋国辉老师。

　　那是 1979 年上半年，我初中毕业前的最末一个学期。虽然考学之风才重兴不久，但考取中师中专端铁饭碗吃国家粮的诱惑，对于我们农家子弟来讲，是蛮大的。何况前一个级就有哥兄老姐幸运"高中"，欢欢喜喜"负笈千里"去了。我暗自发誓非像他们不可，就向父母提出要是能住到学校去就好了。可那时还无"住校"一说，只得自己找老师搭铺。

　　要跟蒋老师搭铺，令我心发紧。我有些虚火他。

　　我们龙潭公社小学，设在一座旧庙里，当时只是小学"戴"了初中班的"帽子"。这样的学校，在无边无际的川中丘陵地区里，小得就像一只蝼蚁。老师都是"七拼八凑"的，他们的"身份"也都是各色各样的，有公办，有民办，有代课，有来自大小城市的下乡知青，有高中才毕业的本地回乡知青。甚至还有父母退休后顶班的，有出去见过世面的"转哥子"（**转业军人**）。他们被乡民善意地戏称为"放牛匠"，因为我们野得就像漫山遍野疯跑的"牛崽崽"。"考风"一起，"牛崽崽"一下子规矩了，"放牛匠"也一下子更攒劲了。后来我才晓得，好些老师不光攒劲教书，还攒劲复习，也要去考铁饭碗吃国家粮。

　　蒋老师毕业于内江艺体校，本是学美术的，他也酷爱美术，一心想成为大画家。可那时的农村学校哪有美术课给他上，就转科教起了数学。他个子偏小，脸面白净，却是一个不折不扣的络腮胡，几天不刮便腮帮子黢黑。这样的一张脸，难见笑容，课堂上更显严肃。他上课蛮投入，声音蛮大，方法也蛮特殊。特别是讲例题时，为使我们不走神，非得我们大声念出下一个步骤，他才用粉笔在黑板上一一写出来。我们不念，他不写；念错了，他不写；"卡壳"了，他也不写，非得我们开动脑筋理出准确的思路不可。要是我们闭起眼睛信口开河，他会生气，还会骂人。我是班上常年的第一、第二名，属考学的种子选手之一，可就数学有点"跛"。当大伙"卡壳"时，他严肃的眼光常常直直地射向我。我晓得逃不过，只好大起胆子作答。我若答对了，他会长声吆吆地吼一声：对——头！随即在黑板上写出来。我若答错了，他会毫不客气地长声吆吆大吼：放——屁！使得一屋子的"牛崽崽"叽叽咕咕一阵坏笑。我是一头稍微面浅的"牛崽崽"，常常给整个大红脸，可照样蛮喜欢上他的课。

蒋老师那时还没成家，寝室里的陈设蛮简单：一张床，一张抽屉桌，一把藤椅，一口木箱，一个暖水瓶，一个瓷碗加一双筷子。我的入住不但占了他半边床，还整个地占了那抽屉桌和藤椅。他晓得我每天晚上都要学习到深夜，二话没讲就每个晚上去蹲办公室做他的事。他每天晚上下夜班回来，我总还坐在那桌前，他就悄无声息地顾自脱衣上床，去睡觉。

我们拉扯着一床铺盖。每次我缩进被窝时，都很小心，怕惊醒了他。不过，大冷天时，我因后睡就老是占他的便宜，遭冻得冰凉的身子，特别是一双生了冻疮的脚，老是沾染他热热呵呵的体温。他的脚，打直了可以抵达我下巴，我若翻动身子，容易带动铺盖撩开缝隙灌进冷气来，我便总是蛮注意地用脱下的衣裤，为他把脚那头捂住。大热天，我俩都穿着裤衩，静静地躺着吸溜相互的汗臭，苦熬暑热。

我搭老师的铺，也搭老师的伙食团。那伙食团，其实就只是一个能煮饭的空屋子，里面连一张饭桌也没有，大伙儿一日三餐随随便便地站着，说说笑笑地就把饭吃了。这时候，总有其他年级的老师来逗我玩，有时言语还较为"出格"。可每当要"出格"时，他们都会斜眼去瞟一瞟蒋老师，好像怕我那尊"保护神"心里不舒服。可蒋老师只是埋头扒他的饭，然后把碗一涮，走人。

　　有天晚上，热得汗流，蒋老师下夜班回来，一推开门就显得蛮特别：走，跟我去洗冷水澡。他是兴冲冲的，我是蛮意外的。"洗冷水澡"是指下河沟、堰塘、牛滚凼耍水，对于我们小崽儿是危险的，也是学校严禁的。但有了蒋老师，顾不到那么多了，就也兴冲冲的了。到了外面，才发现还有三两个青年男老师同行。大伙儿有说有笑地踩着月光下自己的影子，来到一条小河沟边，麻利地脱光衣裤，"扑通扑通"跳进水里，直喊好凉快好凉快。蒋老师带着我游水，他只会"狗刨骚"，我也只会"狗刨骚"，我俩都欢快地把水花扑腾得老高老高。退了热，大伙儿爬上岸，晃悠着光亮光亮的身子，等夜风把水吹干。有老师弯下自己都还光着的身子，凑近我的羞处，还开它的玩笑，蒋老师不但不帮我，反而跟着他们嘿嘿笑。

　　拖着月光下自己的影子回到寝室，蒋老师蛮注意地盯我两眼，突然说：来，我给你画张像。随即打开他那木箱，拎出他画画的家伙，唰唰地画了起来。他不停地画，不停地盯我。他那眼光，是我从没领受过的，里面有打量，有审视，有捏拿，有赏析，使得我蛮不好意思。我也就去盯他，盯他眉清目秀的脸，窜满腮帮的胡子，专注投入的神情，心想他咋没成个画家呢，他应该成个画家。要是他再教不上美术，他的专业，他的理想，他这一生，可能就完了。不想，他好像感应到了我心下的嘀咕，突然稳起了脸色，赌气似的把家伙一丢：算了，睡觉。他那幅后来一直都没再提笔完成的画，虽只画出了头发、脸盘、耳鼻的大致轮廓，可我一看，就认定那就是我。我更觉得他这辈子应该是个画家。

中考下来，我们班硬生生一下子"高中"六个中师中专生。在那个年辰，那样的学校，这样的成果是蛮吓人的，名噪全区。区教办痛下血本，奖给学校一台黑白电视机，还搭了一千张大白纸。我欢欢喜喜地搭上火车，去外地读了三年师范，毕业后分进了高完中，后来改行进了报社。可蒋老师一直在乡村，还教他的数学。

前两天，我突然得知，才六十七岁的蒋老师因脑肿瘤晚期，在医院里苦挨，就赶忙跑去看他。雪白的头发，雪白的络腮胡，雪白的脸色，就连那直直地看着我的眼光，好像也是雪白雪白的了。他静静地躺着，静静地看着我，静静地听我摆龙门阵。当我摆到当年搭他的铺时，他才淡淡地说了一句：那个时候，就只想着攒劲把你们教出去……

严师

一听说我们"在黄绥之老师手头"读书，很多人都大叫：好！

这多少有点幸灾乐祸。

因为，黄绥之老师，是全公社响当当的严师。

我们，是指"我们农场这一'路'"的十来个崽儿。仅在黄老师"手头"的，就有我——唐二娃，矮哥两兄弟，还有刘笆笋。我们每天上午下午上学、放学，再上学、再放学，都吆五喝六、成群结队，捆得绑紧。

在人们的眼里，我们很"肇"，也就是说，我们总是胡作非为，不好管束。

我们也确实是些"肇包"。

比如，从龙潭农场到龙潭公社小学的五里路，我们一忽儿抄小路，一忽儿绕公路，一忽儿又专爬山坡。一路上打弹弓，滚铁环，烧山草，踩庄稼，偷花生，抠红苕，掰嫩苞谷，等等，无所不做。山崖上倒吊着的崖须草，遭我们烧得浓烟滚滚。过水的山洞里，我们在中中间间堆上柴草，点燃，烧得两头冒烟。我们偷过农场放炮开山的雷管和引线，炸鱼，炸稀泥，炸牛屎。还自制火药枪，打得"砰砰"响，惊起山雀儿满天飞。

再比如，新学期才开始，就盼望着期末放假领取成绩通知书那一天，好跟其他"路"的崽儿骂架、打架。再高年级的崽儿，我们都敢惹。

我们还很坏。

比如，人家农田好不容易关起了水，我们偷偷踩掉堵塞缺口的泥巴，一夜之间给人家放得焦干。

再比如，班上几个长得稍微乖点的女生，遭我们私下"瓜分"，一人一个。

但我们都虚火黄老师。他确实凶。

一瞟见他那高高长长的影子，我们就虚。要是遭他那双严厉的眼睛勒定，浑身都要打抖抖。

因为太"肇"，我们没少遭他"收拾"。

有两件事情记忆深刻。这两件事情，都坏在矮哥手上。

用现在的话来说，矮哥本来有一个很"正能量"的大名：彭树德。但因为吃饭不长个儿，活生生比我们矮了一大截，就得了个"矮五寸"的绰号。尊称他为"矮哥"，还是近年上了点岁数以后。

一件事情，是吃生豌豆格格。矮哥一家，是从西藏林芝转回这内地农场的。他向我们吹嘘，他在西藏多吃生食，连牦牛肉都啃生的，并以身作则率领我们吃生豌豆格格。豌豆格格长老之前那段时间，我们过了几大把吃生食的瘾，却把一块小土里的豌豆糟蹋惨了。

当地乡亲告到了黄老师那里。这还了得！他当着全班同学的面，狠狠地训斥了我们一整节课。还把我们叫去站办公室，又一阵辛辣洗抹。意思就一个：谁知盘中餐，粒粒皆辛苦。最后勒令我们几个：必须上门去找人家的生产队长，认错，检讨，道歉！我们几个哪敢怠慢，立马哆哆嗦嗦地上门去赔了罪。

另一件事情，是矮哥惹着了一个女生，恰恰是被"分"给我那个女生。

　　事情的经过是：上军体课，那个女生跟另一个女生在投篮球耍，矮哥神气活现地硬要去参一个。拍球，投球，抢球，欢蹦活跳，估吃霸占。人家不跟他耍，他生气，骂人，还提虚劲：不要以为你有了个唐二娃，就不得了了！老子不得怕！你把唐二娃喊过来，老子一起收拾！

　　这还了得！那女生犹遭奇耻大辱，又气又羞，满脸绯红，当即噘嘴：你坏！我要去告，我要去黄老师那里告你！果然，在上下一节课之前，那女生守在教室门口，专等黄老师从办公室过来。

　　我跟矮哥同桌。我很替他担惊受怕，同时又担心火烧到自己。其实矮哥已怕得开始打抖。那女生在教室门口的固执，黄老师越来越近的脚步，那女生向黄老师的告发，黄老师板着脸孔的几次点头，我们都从窗口瞭见了。可怜的矮哥，双手都已在颤抖。值日生平常一样的一声"起立"，此时犹如一声炸雷。黄老师进教室后，那一扫而过的目光，简直就是杀气腾腾的闪电。矮哥牙齿打噤，浑身颤抖，快立不住了，就靠着课桌，弄得课桌也跟他一起抖。

　　但这次，黄老师没再当堂发作，只是照常讲他的课。可我们心知肚明：此时没遭，不等于不遭，跑不脱的。不晓得要遭好凶。

　　果然，放学后，矮哥和我遭黄老师喊去站办公室，留了下来。可黄老师久久没有开腔。不动声色的黄老师，更是威严，因为他显然是气到心里面去了。矮哥低头垂手站着，抖着，几抖几抖就把眼泪也抖了下来，砸在黄老师脚前的石板地上。

　　良久，黄老师发出一声叹息。然后慢言慢语地给我们讲了蛮多，蛮多。意思只有一个：要立成一个人，首先要养成好的品行。

我们到底算是认识到了：我们那是在侮辱人，那是真正的坏。

奇怪的是，黄老师越严，我们越想亲近他。

首先是我们佩服他。

他当过解放军，当过营部文书。他的字写得好，在全公社都有名。他教我们知识，真正是一丝不苟。就连教我们写毛笔字时，都是在黑板上画好九宫格或米字格，一个字一个字地给我们讲解结构，示范先写哪一笔再写哪一笔。

还有就是他教我们一定要有理想。

为了打开我们的眼界，但凡他能见到的好书，哪怕是一册连环画，都赶快拿到课堂上来念给我们听。《高玉宝的故事》《黄继光的故事》《邱少云的故事》《欧阳海之歌》《烈火金刚》《敌后侦察兵》，等等，都是一字不落地念给我们听了的。尤其是在天寒地冻的打霜落雪天，同学们往往因缺衣少食到不齐，不便上新课，他就一上午一上午地给我们念。

所以，我们的字写得好，外面的人都认为理所当然：黄绥之老师教的嘛。我们的学习成绩好，我们的表现越来越好，后来我们考学的考学、工作的工作，同样也是理所当然：黄绥之老师教的嘛。

可惜黄老师还差半年把我们小学送毕业，就因为公社建水库，他不得不把家从淹没区搬去了九大三小（第九生产大队的第三生产小队。恰好是我们吃了人家生豌豆格格的那个生产小队）。为让他更好地照顾一家老小，组织上把他调去了离他家更近的方家村小。那段时间我们很想念他，矮哥就提议，每天下午放学后，专门绕道跑去九大三小。见他家在和泥做瓦，我们一群崽儿就都纷纷脱去鞋儿，挽起裤脚，跳进泥里去踩，踩至天黑。瓦上房时，我们也去排成队帮忙传瓦，同样干至天黑，要黄老师催好几道，我们才离去。当然，矮哥最卖力，总是一头汗水，一脸骏黑，一腿稀泥。九大三小的乡亲，见我们"农场这一'路'"的"肇包"，都懂"师道尊严"了，就更加认定他们这里确实搬来了一个好老师。

那可是 20 世纪的 70 年代。

那时我们还不晓得"敬畏"这个词，但有了一颗感恩的心。

后记：恩师黄绥之以九十高龄仙逝。因适逢新冠肺炎疫情肆虐，我们都被限足宅家隔离，没能最后见他一面、送他一程，惜为一生遗憾。

大汉唐坤苗

一日，一个背包打伞、汗流浃背的大汉踱进办公室，说要找我。

"家门，我叫唐坤苗。"大汉放下行囊，一边擦汗一边自我介绍。

猛见他大块头，大脸盘，大络腮胡，我心中不禁惊异于我等唐家居然还有如此敦实的大汉。

更令我惊奇的是，这一身乡村干部打头的大汉，居然想进行一项庞大的工程：编修老资阳（雁江区）的唐氏宗谱。

我一下子就被感动了。"好啊！整好了，功德无量！"

接下来，他便与我谈唐，谈唐姓，谈唐姓族人；谈宗，谈谱，谈宗谱。还谈他编修宗谱的具体打算和已做好的准备。说实话，虽然已过不惑，但我还从来没见过如此为自己的姓氏和宗亲感到自豪的族人，也从未被如此撩拨得产生想为族人做一点点事情的冲动。我表了态：坚决支持，一定参与。

大汉走后，把我扔进了深深的沉思，一个个沉甸甸的问号直面扑来：我等从何而来？我等的先祖是谁？祖籍何方？各支派的世系发展如何？演变如何？兴衰如何？迁徙如何？先祖有何辛酸？何功德？何训诫？我可是连自己的爷爷奶奶都没见过，对先辈的先辈更是无从而知，对本支系的字辈也不甚了了。本是同根同株的族兄弟们，长大后各奔东西，几年、十几年、几十年都难得一见，亲情日渐淡薄。偶尔回趟老家，见了不认识的后辈，几乎形同陌路。"一代亲，二代表，三代四代认不倒"一语中的，令人悲从中来。看来，要"志先人之德泽，接后人之宗源"，修谱，势在必行。

没多久，大汉打来电话，说是开个会，成立编修委员会。我不仅自己去了，还把退休赋闲在家的老父亲也动员去了。好家伙，这大汉像变戏法一样，弄了二三十个同是唐姓的族人来坐起，济济一堂。大家你看看我、我看看你，可能跟我一样，还从来没见过这么一大屋子同是姓唐的面孔。原来这些都是他把雁江分成片区，又亲自找上门去一个一个请来的"片区负责人"。大汉戴上眼镜，摸出讲稿，郑重其事地站起来，扯起惊抓抓的大嗓门："水有源，树有根，人有祖……""谱，与国家正史、地方史志构成了中华民族历史大厦的三大支柱，同是中华民族宝贵的文化财富……""国史记政治之兴衰，家谱序人伦之世系。宗谱可弥补国史、地方志之不足……"还搬出了 1984 年 11 月国家档案局、教育部、文化部联合发出的协助编好《中国家谱目录》的通知。如此这般，几下就把大家整激动了，纷纷表示一定尽心尽力，把好事办好。

众望所归，特别热心的大汉被大家推举为编修委员会主任。我因在报社工作，熟悉编辑业务，被推举为主编。我父亲的老本行是财会，因之重操旧业，为修谱记账。

一来二去，我们算是熟了。原来，他住在远离城区好几十公里的鲁家，曾在乡文化站供过职，已六十好几。编修宗谱、激励族人、振兴氏族的宏愿，在他已是由来已久。

修宗谱，可不是一件简单的事情。雁江区地域宽，唐姓分布广，支系繁多，人员流动性又大，想"一网打尽"十分困难。进入实际操作时，追根溯源，广征博引，调查摸底，登记造册，募捐经费，录入制版，勘误纠谬……很是烦琐。这可是要一家一家地去跑、一字一字地去落实的辛苦差事。个别族人不愿意登记，"我没养有儿子嗒"。个别族人对组织工作不屑一顾，"搞不赢"。个别族人甚至把族里代代相传的老族谱看成了宝贝异物，不愿意借出来参照，"遭娃儿撕烂了"，"遭耗子啃烂了"……还真是令人直摆脑壳。

可大汉没被这些难住，他一趟一趟地跑，一次一次地去劝说，好像根本没把碰钉子、吃闭门羹当一回事。"我亲自跑一趟。""我再跑一趟……"哪个片区、哪个支系集居地、哪一个家族的登记工作梗起了，他都要翻山越岭赶去。就连迁居在外地的宗亲，只要能觅得踪迹，他也都跑上了门去。跑路，成了他的工作常态。每次我见到他时，他都是风尘仆仆、行色匆匆。有一次，他从外地联络族人、募捐出版经费回来，又和我一起好不容易找到一个族人，要请那族人帮忙做点组织工作。为了把有关表册交给那族人，就在人来车往的大街边，就在一块石头上，他把长年背着的大挎包抄了个底朝天，掏出来的是一把旧雨伞，一个大茶瓶，一件已是皱巴巴的换洗衣服，最终找到了一些同样已是皱巴巴的表册……

大汉也有遭不住的时候，那就是一年中热得人直跳脚的三伏天。"我支气管炎严重，根本不敢出门。"大汉这才有些软口。

就在宗谱编修紧锣密鼓进行时，我父亲不幸突然去世。我忙完城里又忙乡下，回去给亡父修墓。荒地里，一抬头，我突然看见大汉和着几个族人匆匆赶来。他们，竟从几十公里外，一路问着找到坟地里来了！握着他们的手，血缘宗亲的热流汹涌澎湃，逼人心脾。

"宗谱修好后，我们不能就此罢手，还得把有些工作继续下去。"大汉目光幽远，"比如，给百岁族人祝寿，给考起名牌大学的年轻族人道喜，逢年过节给孤寡族人送温暖，等等。建设和谐社会嘛。"

邵子南：一颗决绝的灵魂

出资阳城，跨沱江河，过南津驿，再南行十数公里，便来到了我们雁江区的伍隍镇。在这昔日的万寿场上，曾经显赫极目的"九宫十八庙"早已不复存在，唯有在原伍隍庙庙址上建立起来的一所学校——现四川省示范高中伍隍中学——原寿民公学、寿民中学，尚能拨动我的怀旧情弦。

林木葱茏，风华正茂。我走进现今伍隍中学的大门，去追思原本寿民公学的过往。一回首，一群走出校门的年轻背影中，我仿佛看见了当年的邵子南，只不过那背影特别瘦弱、特别单调，却去得特别迅疾、特别径直。

从寿民公学走出去的邵子南，仅三四年后，就成了一个彻彻底底的革命者，后来还成了现代歌剧《白毛女》的先行者，长诗《白毛女》、诗歌《英雄谣》、歌剧《不死的人》、小说《地雷阵》、民间故事集《赵巧儿送灯台》等不同文学体裁的集成者。他在中国革命文学史上，占有不可或缺的一席之地。

但鲜为人知的是，邵子南走出寿民公学时的心态，那才叫一个"决绝"。从他的人生足迹来看，他几乎是在一走出寿民公学之后，就离开了故乡。他一生的诗作难计其数（**因他还刷过太多太多的崖壁诗、墙头诗、树干诗等**），而直接抒写故乡的，目前我还只见到一首——《故乡的诗章》。他在诗中这样写道：

我开始流浪，/当高利贷债户塞满故乡的时候，/我离开了它。/从明晃晃的大踮走向地平线，/我半眼也没望望我的故乡。/故乡是厌倦的狭隘，养不了我……//紧接着，我大哥也出了故乡，/到都市里，当看门的；/我的三哥当了强盗，赶出故乡，/到都市里，当车夫；/我的叔叔当了流氓。//我不爱我的故乡，/我独自走得遥远，一直到海边，/死了似的，一去不回，/我的母亲以为我死了，/替我立了碑，招我的魂……

好愤懑的"故乡是厌倦的狭隘，养不了我"！好无奈的"我不爱我的故乡，独自走到遥远"！好决绝的"死了似的，一去不回"！

这首诗虽然写成于 1941 年 1 月 24 日，那时他早已参加革命，去到了晋察冀边区，但是，他诀别故乡后，浪迹成都、重庆、上海，先后做过银号伙计、人力车夫、码头工人、船帮水手、云游和尚，还讨过残羹剩饭……还才舞象之年，就人间疾苦尝尽，却矢志不回头。何以圈定他的内生定力？唯有"决绝"。

我关注邵子南，首先，因为他是中国革命文学的一座丰碑，是我们雁江本土现当代作家的仰止。其次，我和他竟是老乡，同属我们雁江区中和镇。他家在凉风垭鸡鸣山下的斗笠湾，我家在老龙潭的青龙嘴，相距不过十来公里。假如真有一只金鸡，在他屋后的那座山上引吭啼鸣，我们那边该是侧耳可闻。我时常把这拿来向文朋诗友显摆，自觉是沾了他的光。再次，是因为我对他的性格的无比惊愕。要知道，当年在延安，作为现代歌剧《白毛女》的首席谋划、担纲主笔，因对文艺形式的采用、统战政策的理解出现不同意见，他竟愤然毅然地退出了创作组，不仅在当时引发了一场轩然大波，还与此后一系列至高无上的、影响深远的殊荣彻底绝缘，直令世人无不为他扼腕叹息……当然，最令我执意探究的，是他何以成了如此决绝的一个人，甚至还成了一颗决绝的灵魂。

我从"一方水土养一方人"的世谚中去探究过。

同样是出资阳城，跨沱江河，只不过是向偏东南过四方碑，再行数公里，便到了雁江区的另一个镇，我们中和。虽离城不是很远，却已由浅丘进入了中丘。镶嵌在中丘褶皱里的中和场，建于乾隆八年（1743年）。其时那场波澜壮阔、历时百年的"湖广填川"大潮已渐平息，社会形态初始稳定。但为啥以"中和"命之，显然是有讲究的。原来，填充这片山地的，多为湘人。湘人本就强悍，敢于背井离乡、跋涉千里入川刨食的湘人，更是内心强大。怎奈外来人流汹涌，各种资源日缺，外来者与原住残民之间、先来者与后来者之间、族群与族群之间、豪强与豪强之间、大户与大户之间、散户与散户之间，自是"一句不和则火起，几句过后就动粗"，素常械斗不止、争讼不休。出自"中正平和""中庸和合"的"中和"命名，在当时，实是对这片土地的愿景规划和大道引领。但基因犹在、底色犹存，这片土地上的一切生长，包括邵子南这样的芸芸众生，生性注定仍是相当的生猛。同样作为填川湘人后代的我，对邵子南的性格那是感同身受：历尽沧桑欲何求，只为一生不低头！

我从氏族的根脉存续中去探究过。

邵子南本姓董。董氏是中华远古名望，但同所有的中华族群一样，一直在天南海北辗转腾挪。邵子南这支董氏入川后，资阳县（现今的雁江。下同）成了主要散居地之一。到他这一辈时，属"尊"字辈，老爹给他取了个很现实的名：尊鑫，还择了一个也很现实的字：聚昌。民国二十二年（1933年），鸡鸣山董氏做过一次道场，编修成稿《四川资阳县董氏道场祭文》，现收藏于山西省社会科学院。上面记载，除了之前的"始祖"和清末的"派祖"，那时资阳县已出现"四大房祖"：董尊瑞，董尊玑，董尊瑚，董尊琦。邵子南这一房显然不在其列。他的老爹虽说是个小有名气的乡村医生，却也只置办有二十来亩田地。老爹心中的盘算，是希望他这儿子今后能进银号做事，以遂"金多兴旺""聚财成昌"之唯愿。所以不惜送邵子南进私塾、考新学，悉心栽培。怎奈老爹无论再怎么能掐会算，也没先觉儿子的心迹，竟渐渐出现了那么大的"偏差"。加之老爹在儿子初中毕业那一年不幸去世，当然也就根本无法后知羽翼渐丰的儿子，竟然"离经叛道"，还那样决绝，连姓名都换掉了。"邵子南"一名，源于韩愈《送董邵南序》。邵子南十分钦佩、同情董邵南，他说："我也姓董，为继承古人风骨，拆'邵南'加'子'字在其中。"毕业时，他应邀为初七班同学录作序，就署名"邵子南"了。

我从邵子南所处的几个时代节点去探究过。

邵子南出生于 1916 年 5 月 14 日。仅八天后的 5 月 22 日，为反对袁世凯称帝，四川军务督理陈宧宣布四川独立（*这已是四川第二次宣布独立。第一次是在 1911 年 11 月 22 日，为了脱离清政府，走向共和*）。直隶军阀曹锟指派四川军阀周骏、王陵基弹压，蔡锷护国军则联合陈宧，挺进资中、资阳，在资阳与周骏部激战于县西马桑坡、蒙刺动等地。随着南方各省相继独立，袁世凯内外受挫，被迫取消帝制，并于这年 6 月 6 日暴毙，这时各方势力乘势而动，加紧扩张、争霸、割据。舒适安逸的"天府之国"，就开启了前前后后长达二十年的军阀混战模式。邵子南无疑一出生就身逢乱世。邵子南进入私塾启蒙，是在十年后的 1926 年。这十年间，资阳被轮番拉锯、反复碾压。"人命贱如狗，军阀满地走。"滇军与川军、黔军与川军、陕军与川军、川军与川军混战连连，罗佩金部、顾品珍部、熊克武部、刘存厚部、邓锡侯部、杨森部、赖心辉部、刘文辉部、刘湘部、王赞绪部、李家钰部等，如一拨拨凶残群狼，都相继在资阳大打出手，轮番坐庄。仅1925年2月至10月间，就有杨森部、刘文辉部、刘湘部逐鹿资阳，这期间由驻军任命的县知事更迭就达五人，活脱脱成了"走马灯"式的儿戏。也就是邵子南进私塾的1926年，5月，刘文辉部首开资阳县粮食预征之例，后续军阀纷纷仿效，且更有恃无恐，致使资阳百姓多交了32年的粮（交至1958年去了）。随之而来的苛捐杂税杂派，更是多如牛毛。1935年"废除"17种后，都还有128种！军政府的各种军券充斥市面，大肆搜刮民脂民膏，民众不堪其扰；民间盛行吸血行当，高利贷的肆虐首当其冲，且登峰造极。所以邵子南的诗句里，就有了"高利贷债户塞满故乡"的切肤之痛，"杀我的伙伴的人们在那里强占了"的切齿之恨（邵子南《故乡的诗章》）。

即使在如此战火延绵、民不聊生的境况下，资阳仍有有识县人开启远大眼光，用实际行动传播新知识、散布新思想、开启新民智。杨芳毓，伍隍场瓦店子人，1925年任刘成勋部蓝世钲师十三混成旅少将旅长时，就约集乡人邵锡芳、杨潭清、刘光瑜、蓝田玉等七十多人捐资，加上收取伍隍场市息，利用伍隍庙庙址创办起了寿民公学，内设初中、高小两部（1942年春更名为"私立寿民中学"，停办高小，增设高中班）。据杨芳毓后人杨庆杰、杨庆雄、杨毓川、杨毓文著文记载，杨芳毓五岁入父馆启蒙，立志以求济世之用；18岁为图强兵救国，慨然弃文习武，考入四川武备学堂炮兵科；20岁任成都陆军速成学堂教官，刘湘、杨森、潘文华、唐式遵、张斯可、鲜英等人均是他的门下。1925年时，他正带兵驻防自贡。戎马倥偬、混战连连间，他仍念念不忘带头为家乡培育济世之才。寿民公学办起后，他亲任董事长，对制订教学计划、聘请学有专长的教师、募资购置万余册图书、成批购进教学仪器设备等重大问题，都亲自过问。对成绩优异，有培养前途却无力升学的学生，他带头无私资助他们就读大专院校。如此一来，寿民公学就以教学质量高、培养人才多而校誉大振，入学人数激增。1938年，杨芳毓又带头募资修建教学楼，成都著名书家余沙园题写"芳毓楼"匾额，杨芳毓本人则在楼侧高墙上亲自书写"立功立德，爱国爱乡"八个大字，以勉励师生。这八个大字，成了当时寿民公学后来寿民中学、现今伍隍中学的校训。

正是有了这么一所声名鼓噪的寿民公学，让年轻人看到了奔头。1931年春，仅读了五年私塾的邵子南，就揭去"瓜儿皮"帽，脱去长衫短褂，跨过高级小学（小学五、六年级），直接考入寿民公学初中（第七班）来读新学了。而这一年，人祸又添天灾。惜字如金的地方志书也没漏掉这样一笔："八月上旬，资阳淫雨成灾，沿（沱）江农作物损失巨大。灾民多以野菜、草根、白泥充饥，因饥饿难忍自杀多起。"

堂堂寿民公学，所聘教员多为名流翘楚。享有"书法自成名家，辞章尤具别觞"赞誉的杨太常，本在宦海沉浮，却自恨不能救民于水火，即卸任返县，到寿民公学担任了国文教员，恰恰又教上了邵子南。邵子南只读过私塾，从未碰过数学、英语，对现代汉语也少有涉猎，初入校时十分吃力，也就十分卖力。杨太常训导有方，深入浅出，诲人不倦，使邵子南进步神速，也信心大增。1933年夏，杨太常以"三年读书之回忆"为题，要学生写篇毕业作文。邵子南从"学贵有恒"着笔立意切题，结构严谨，行文流畅，富有文采，名列全班第一。就是这个杨太常，后来（1940年）还效法杨芳毓，在小院寺集约乡人，创办起了精华中学。邵子南的刻苦勤学，还引起了美术教员蔡净梵的高度关注。蔡净梵在课余时间辅导邵子南学习英语，教他绘画，还暗中送一些进步书刊给他阅读。英语，为邵子南打开了另一扇打量世界的窗口；绘画，使他有了艺术萌芽；进步书刊，则启迪了他对家国命运的认识和思考。

一番探究下来，我认定，是故乡的山山水水，孕育了邵子南生性的刚强特立；是故乡的深重苦难，催生了他对乱世的深恶痛绝；是知识和思想的光辉，启蒙了他对家国命运的沉甸思考。在私塾，他学到的是"修身、齐家、治国、平天下"内圣外王的传统精要；而在寿民公学，他得到了要奋起抗争、改变世界的思想点化。所以，他在《故乡的诗章》里，也这样写道：

忽然，我想起了我的故乡，/因为故乡建立了和我信仰不同的王国，/杀我的伙伴的人们在那里强占了。//我的故乡，要我们互相了解，/除非你变成我的伙伴们的王国！

如果说，头也不回地诀别故乡的邵子南是一个决绝的人，那么，参加了革命的邵子南，则成了一颗决绝的灵魂。因为他有了信仰，他把自己全身心地交给了自己的信仰。

走出故乡的邵子南，更广度地、更深入地体察到了整个中华民族所处的危险境地、所在经受的深重苦难。同所有胸怀天下的有志青年一样，邵子南决心要蹚出一条救国救民的路子来。由当时中国最顶流的知识分子群体发起的共产革命，与邵子南要救国救民于水火的理想追求高度契合。所以，1935 年底，当他流浪到上海时，很快就融入了丘东平、欧阳山、草明甚至茅盾等左翼作家群体。他到《光明》杂志社当过编辑，他反映煤窑童工的报告《青生》被茅盾推荐发表在《中流》杂志。"七七"事变后，1937 年 10 月，邵子南离开上海到达西安，经胡乔木介绍进入第十八集团军总部随营学校，学习游击战术和民主运动。同年 11 月，同样是经胡乔木介绍，加入中国共产党。次年 1 月，任随营学校副政治指导员和支部书记。此后，邵子南随西战团（西北战地服务团）活跃在晋察冀、延安一带长达 6 年之久。从此——

　　从此，我爱上了异乡的人民，/用刀子参加斗争，/从异乡走到异乡，/我歌咏，向我的各地来的伙伴。//年复一年，我在异乡，/几万里了，每天改换着宿营地，/我忘了我故乡的事情。/我完全惯了，/一面走着，一面还有了家了。

——邵子南《故乡的诗章》

　　参加了革命的邵子南，是怎样一颗决绝的灵魂？

　　我在他同辈朋友兼战友少有的遗存中，找寻着蛛丝马迹。

　　欧阳山在为《邵子南创作集》所作《序》中提到，1936 年春天的一个下午，上海，丘东平约他去见一个朋友。丘东平按捺不住内心的激动，一面走一面重复地说："这是一个不同寻常的人。"在法租界的一栋小楼下的一个小客堂里，丘东平指着一个二十来岁的年轻人，说："他就是邵子南，他就是邵子南。你们认识一下吧！"欧阳山第一眼中的邵子南，"脑袋很大，留着分头，头发蓬蓬松松的；脸孔很宽，四四方方的，颧骨很高，嘴巴扁扁的，有点内陷；身上穿一件深灰色布大褂，又软又皱，显得很寒衬的样子"。就这样一个并不起眼的年轻寒士，却在接下来的文学创作谈论中，让欧阳山着着实实领略了他的"不同寻常"。邵子南口无遮拦，直抒胸臆："不知道什么缘故，我读当前的文学作品总感到不满意，总感到没有劲，总读不到伟大的感人肺腑的东西……"他说："在我们的小说里面，哪怕只有一句精彩的不同寻常的话，我都要发狂似的去读他十遍二十遍！可是……"他还说："光写一个人驯服地在受苦，受蹂躏，要说有进步意义也可以，可是读起来多不带劲，叫人多难忍受！我虽然不会写，可是有一天我会写的话，我就绝不这样写。我要一颗明珠从污泥中放出光芒来！"四十三年后的1979年，欧阳山在为他这位已故老朋友、老战友序《邵子南创作集》时，推心置腹地写道："作为一个非常显著的特点，我不能不首先想起，他跟人民的关系这个问题……其次，是关于他怎样熟练地、活泼地运用群众语言问题……第三个特点，是他对于民族形式的追求……第四个特点，我想可以用'明快、幽默、丰富、深刻'这八个字概括说明……总而言之，邵子南作品的本身，就以确凿的证据证明了作者是如何真正地跟人民打成一片，是在严格的意义上说的打成一片，是在思想、感情、生活、战斗，甚至在细微的感觉和轻微的脉搏上的打成一片。"

孙犁，同邵子南最初认识于晋察冀边区，后又同时被调到延安鲁艺文学系。他的性格却与邵子南的恰恰相反，用冯牧的话说："邵子南整天呱啦呱啦，你是整天一句话也不说……"1962年，邵子南因白血病去世七年后，孙犁从他的视角写就《清明随笔——忆邵子南同志》。邵子南给他的印象是，挺直的身子，黑黑的头发，明朗的面孔，紧紧闭起的嘴唇。灰军装，绿绑腿，赤脚草鞋，走起路来，矫健而敏捷。"这种印象，直到今天，在我眼前，还是栩栩如生。"最初，他们住在鲁艺东山紧紧相邻的两间小窑洞里。每逢夜晚，孙犁站在窑洞门外眺望远处的景色，有时一转身，望见邵子南那小小的窗户，被油灯照得通明。孙犁就知道邵子南是在写文章，他说："如果有客人，他那四川口音，就会声闻户外的。""他的为人，表现得很单纯，有时甚至叫人看着有些浅薄而自以为是，这正是他的可爱、可以亲近之处。他的反应很锐敏、很强烈，有时爱好夸夸其谈，不叫他发表意见是很困难的。他对待他认为错误和恶劣的思想和行动，不避免使用难听、刺耳的语言，但在我们相处的日子，他从来也没有对同志或对同志写的文章，运用过虚构情节或绕弯暗示的'文艺'手法。"而给孙犁留下最深刻印象的，是邵子南嘴里常常蹦出的两句话："你走你的阳关道，我过我的独木桥。"孙犁回忆说："有时谈着谈着，甚至有时是什么也没谈，就忽然出现这么两句。邵子南同志是很少坐下来谈话的，即使是闲谈，他也总是在屋子里来回走动着。这两句话他说得总是那么斩钉截铁，说时的神气也总是那么趾高气扬。说完以后，两片薄薄的缺乏血色的嘴唇紧紧一闭，简直是自信到极点了。"那是因为，邵子南虽然已写了大量的作品，且声名鹊起，但特立独行的他仍在自我加压，不断摸索、调整，力争完善自己特立独行的风格。加之由于性格使然，难免一时走入另一个极端。"所以，他有些地方，虽然不为我所喜欢，"孙犁说，他甚至不愿意与邵子南同住一个窑洞，"但是我很尊敬他。""他那股子硬劲，那股子热情，那说干就干、干脆爽朗的性格，很为我所佩服。"孙犁在回忆文章里，还特别用心记述了邵子南的一件趣事，从中也可领略邵子南的"特别"："记得那年，我们到了延安，延安丰衣足食，经常可以吃到肉，按照那里的习惯，一些头蹄杂碎是抛弃不吃的。有一天，邵子南同志在山沟里拾回一个庞大的牛头，在我们的窑洞门口，架起大块劈柴，安上一口大锅，把牛头原封不动地煮在里面，他说要煮上三天，就可以吃了。我不记得我和他分享过这顿异想天开的盛餐没有。在那黄昏时分，在那寒风凛冽的山头，在那熊熊的火焰旁边，他那兴高采烈的神情，他那高谈阔论，他那爽朗的笑声，我好像又看到听到了。"

　　周巍峙，邵子南的老战友，1996年时任中国文联主席，12月29日晚8时，风尘仆仆赶到资阳。那一年，邵子南诞辰八十周年，却也是他被白血病夺去宝贵生命的第四十一年。资阳人民为了缅怀他，准备召开一个隆重的纪念大会，并设立"邵子南文艺奖"。周巍峙受请即行。我作为当地报社的记者，全程进行了跟踪报道。这让我更进一步领略到了邵子南决绝的革命精神。

一踏上养育老战友的这片热土，周巍峙按捺不住内心的激动，当即就直奔招待所，去看望先期抵达的邵子南之妻宋铮，及其女儿董胜焰。他紧紧握着宋老太的手："我非常高兴！我决心要来！今天，我终于来了！邵子南一生忠于党、忠于人民，是一个革命的文学家、文艺理论家、艺术教育家、社会活动家，是一个坚定的共产党员！"

1938 年 4 月，周巍峙与邵子南一起由组织安排到西安，参加了西北战地服务团。7 月，全团调回延安，10 月又开赴晋察冀，直到 1945 年两人才分手。西战团是一支肩负着中共中央赋予的重任，到国统区和抗日敌后根据地开展抗战救国宣传的文艺队伍。丁玲任主任，邵子南任政治干事，周巍峙任统战委员。

"邵子南只比我大 29 天。"周巍峙对与邵子南在一起时的点点滴滴，历历在目。那时生活、斗争条件十分艰苦。邵子南是全团中身体最差的，而又是工作最忘我、创作最多产的，是全团的骨干，干什么都乐呵呵地跑在最前面。春夏之间，为了节省鞋子，他打赤脚，走得欢快，人称"飞毛腿"。入夜，挑灯学习，潜心写作，小说、散文、诗歌、戏剧、理论文章，长的短的、大的小的，全来！他十分重视少年艺术队、乡村艺术班，热情关怀，悉心指导。行军路上，还常常背那些娃娃过河。在延安和去晋察冀的路上，他带头发起"街头诗"运动，墙上、树上、电杆上到处都写。有的还配上曲谱、漫画，深受边区人民欢迎。

邵子南和周巍峙长期合作，一个写词，一个作曲，几年间，不下百首。他们为西战团创作了新团歌，还创作了《李勇要变成千百万》《晋察冀边区艺术工作者之歌》及歌剧《不死的人》等，迅速在边区广为传唱。这段时间，邵子南的文艺观日趋成熟，文艺手法不断提高，《地雷战》等名篇选出。更重要的是，对白毛女民间故事的收集，为他写出长诗《白毛女》、歌剧《白毛女》第一稿，铺垫了基石……

1945年，他们分别了。解放后，邵子南在重庆，周巍峙在北京。1955年，因接待两个外国艺术代表团，周巍峙路过重庆时，才见到过邵子南一次。那时邵子南就任西南局宣传部文艺处长、西南文联副主席、重庆人民广播电台台长等职，但当时他已病得无法工作，只得抱着长篇小说《周金宝》的草稿住进了医院。他俩在一个澡堂子里见了面，又到邵子南家里去谈了一会儿。之后，便是永别。那年12月24日，邵子南因白血病医治无效逝世。临终前，他对妻子宋铮说："我没有完成党交给的任务。"

无疑，要救国救民于水火的革命者邵子南，是决绝的。他为人率真，处世明快，办事干练。就连他因性格特立独行，而做出一些令人费解的处置，也从另一个角度诠释着他的纯粹，他的忠诚。他"用刀子参加斗争"；他歌咏，"向我的各地来的伙伴"；他"从异乡走到异乡""几万里了，每天改换着宿营地"。他对自己的信仰和事业是坚定不移、忠贞不贰的，因为他"一面走着，一面还有了家了"。这里的"家"，显然是指共产主义大家庭。其实，邵子南在后来与宋铮女士结婚之前，1946年，他还在重庆新华日报社任采访部主任时，与另一颗同样是决绝的灵魂——从事妇运工作的李青林，擦碰出了强烈的爱情火花。1947年2月28日凌晨，李青林都已经提着喜糖在去往新华日报社的路上，准备与自己的战友、恋人组建革命小家了，不想突遇国民党反动派调集大批特务、军警包围了报社，并强迫报社所有工作人员立马撤回延安，一对革命鸳鸯不幸就此永别。李青林后来被叛徒出卖，被捕后与江竹筠等在渣滓洞抗敌顽，鼓斗志，绣红旗，视死如归。1949年11月14日，被折磨得走路都一瘸一拐的李青林，与江竹筠相搀相扶，和另外 28 名志士一起，被枪杀于重庆电台岚垭刑场。

其实啊，邵子南并不就是不爱他的故乡。他在《故乡的诗章》里一开头就写道：

我的故乡是奇异的，/而我是他的奇异的旅客。//我的故乡，/美丽的、奥秘的、绿色的国土，/梅花红了，软雪融在土地上/在大雾的早晨，橘子像火烧似的，/穿着夹衣就可以过年了，/水汪汪一条江流，流过江城，永远不结冰。/我曾经在那里长大。

他真正要表达的，是诗中最后两句的希望：

我的故乡，要我们互相了解，/除非你变成我的伙伴们的王国！

决绝的邵子南，最终同他的故乡达成了"和解"。那是因为革命成功，大愿告成，故乡确实已变成了他所祈盼的"我的伙伴们的王国"。有一次，他去成都开会后，回重庆的途中，专程回了阔别二十余年的斗笠弯。据说，当时他腰里别着一支左轮手枪，后面还跟着一个警卫员。

2024 年 8 月 20 日　于蜀人原乡

"吏隐作家"欧阳明

　　2024年4月的一天，安岳，贾岛墓"瘦诗亭"前，一块据说是清乾隆年间的石刻吸引了我："吏隐诗人"。我手机一举，"咔"地一声拍下。不想，几乎是与此同时，我耳边另响起了"咔"的一声。我侧目一瞥，哦，是老欧，欧阳明。

　　我这一瞥不打紧，当即竟瞥出了个端倪来：呵呵，这老欧，不也应归属这"又吏又文"之类吗？只不过贾岛苦工的是古诗，你老欧苦工的是现代小小说；贾岛以其"苦吟不辍"，经受起了历史的"推敲"，受到后世历代的标举、尊崇和效法，甚至有人对他的画像及诗集都焚香礼拜，事之如神，而你老欧以"方寸"见宏大，以"精短"见深邃，不也照样从西南丘区一隅声名鹊起，且在有生之年的新近，就斩获了第十届全国小小说"金麻雀"奖吗？照此态势下去，兴许若干年后，与安岳相邻的乐至，为你箍起一座"瘦石墓"，建起一个"瘦文亭"，再刻上一方"吏隐作家"，也不是不可能的。

　　老欧当然没觉察到我这意味深长的一瞥。他还在那里顶着那一头精短的华发一气猛拍，当即我又一闪念：咦，难道他也在冥冥之中，感受到了他们之间时隔千余年的缘分了吗？

　　本来不认识老欧。认识他还是那年，原乐至县作协主席辞职后。那时的乐至县作协主席一职，由一哥们兼着。一天晚上，那哥们给我打电话，说是要辞去。本来，作协系统，从国家级到省级、从省级到市（州）级、从市（州）级到县（区）级协会组织，之间并无隶属关系。一个县（区）作协主席辞职，完全用不着给市（州）作协主席说的。我便把这看作是一种告知，是那哥们的礼数。虽是这样，我心下还是挺为乐至的文朋诗友着急的，便多了一嘴，当即给乐至的哥们打电话，提醒他们酝酿新主席人选。结果，好几个哥们都提到：有个叫"欧阳明"的，"应该"还可以。优点提了一大堆：作品见得客，服众；做事有方，玩得转；伙得拢人，没得弯弯绕；一直在坚持写，潜质不可估量；身体特别棒，还可以干好多好多年……"不过"，哥们些的嘴皮开始发软。显然，前面既有"应该"，后面定会有所转折，"不过……"

　　"不过"，不过就是人家还当着局长。县上的局长，虽级别不高，几可只算作"吏"，但实际上位高权重，尤其是那些政府组阁局的局长，绝对算得上呼风唤雨的角色。显然，哥们些是担心老欧不肯就范。这样的担心不是多余的。一方面，一般说来，市（州）级及县（区）级作协，不仅是无编制、无经费、无办公场地的"三无"裸奔组织，而且还跟花鸟鱼虫、烹饪跑步等组织一起，给归到了民政部门注册、管理，作为堂堂人民团体的作协，相当于沦落成了可有可无的闲散场伙。而即使作家个人可以"不食人间烟火"，但作为"作家之家"的作协，毕竟还承担着普及文学知识、规划文学发展、创办文学期刊、组织创作活动、促进创作交流、团结广大会员，力争出作品、出人才的大任。要把这个场伙玩转，直接涉及的，还是像普通人家一样的柴米油盐酱醋茶问题。这多时就得靠当头儿的去牺牲自己的老脸，耗费自己的人脉。本是直挺挺的豪壮脊梁，免不了为讨要一些散碎银两一次次弯折。当这样组织的头儿，无异于找些虱子到自己头上来爬。另一方面，凡有文才又有一官半职者，对这样的闲职是拒之于千里之外的，担心在别人特别是领导眼里落下"不务正业"的嫌疑，影响仕途。即便有愿意接手者，也都是或谨小慎微，畏手畏脚，甚至干脆放任自流，使一个组织名存实亡；或出于害怕协会里一帮"语不惊人死不休"的"酸蛐蛐儿"，冷不丁弄出啥"负面"影响来，就老是大唱特唱套话空话，硬生生带着一帮兄弟去写宣传品，荒了自己的地去种别人的田，及至与"创作"的特性风马牛不相及，与协会要"出作品，出人才"的宗旨背道而驰。任满下来，根本谈不上为当地留下了啥文学遗产。

不过，"不过"的结果是：老欧出山了。我第一眼中的"欧主席"，浑身上下紧凑干练，大方随便，言谈举止间无一个"局座"的任何一丝"标配"。一对眼球特别灵动，滴溜溜流转中仿佛老是有所新奇的发现，继而又透露出他已转入了迅疾的思考。两扇嘴唇时常处于迫不及待，开合间老是能给你供应些新奇的说道，几可算作创作的素材。脸上时不时漾起的笑容，是由心的，也是会心的。就这样一个哥们，我觉得相识恨晚，又仿佛似曾相识。看得出，他的就任，并非乐至的哥们给他下了套，赶他鸭子上架，哄他闭眼跳坑。他是真心接受的，且是胸有成竹的。在接下来的日子里，他领着乐至作协搞活动，办刊物，还筹办起了"乐至县'青松杯'全国小小说大赛"。该赛事后来经县政府提点，成了县上的文化名片之一，至今都还在熠熠生辉。他本人的作品一篇一篇地上月报、上选刊，一本一本地出集子、获褒奖。不几年，他被推举为四川省小小说学会的会长，还荣耀晋升为中国作协会员。省小小说学会会长的任期满后，他都还担任着中国微型小说学会的副秘书长。他的"局长"，也照当不误。在这个局届满后，组织上又会将他转岗到另一个局，继续当。只不过，在我们资阳市作协，他一直只是常务副主席，算是委屈了他。

我是在认识老欧后，才开始读他的作品的。我们都是填川人的后代，都出身农村，都苦苦求学，都教过书，只不过都改行后我进了新闻单位，他却逐步从政。我们对人类社会的认知、对生命苦难的咀嚼、对生活真谛的思考，以及对家国的挚爱、对父老的敬畏、对良善的呵护，等等，都高度契合。有了这样的底色，我觉得他的作品很对我的"胃口"。除了众人首肯、佩服、盛赞的选材、技法、风格外，我从中领略最深的，还在这样一个字：真。这又与我"做真好人，写真小说"的信条，高度契合。呵呵，老欧，知音啊。

　　我之所以信奉"做真好人，写真小说"，是因为我们所处的这个社会，虽是在人类历史长河中左冲右突傲然前行，但随影相伴的，免不了成长的迷茫、苦恼和阵痛。就眼前，这社会仍呈现着些许病态。不止个别人，活成了不择手段的利益追逐者，毫不利人的精致利己主义者，是非评判标准的破坏者，活成了"演员"，活成了行尸走肉。谎言、废话、虚幻、骗术时有蠢动，且无孔不入。文坛上乌七八糟，乌烟瘴气，污秽恶浊。著名作家阎连科曾义正词严地指出的：为权力和权贵的阿谀式写作，有之；为了金钱而欺骗读者的瞒骗式写作，有之；为名利借用媒体的恶炒、爆炒式写作，有之；不求艺术探索和个性的那种彼此雷同的模仿式写作，有之；以得奖为目的的迎合奖项标准和贿赂评委的堕落式写作，等等，亦有之……就连汉语言的文字生态也遭到了破坏，如"小姐""行政""领导""老大""老板"等一些词语，都被严重污染。"好人"一词也在劫难逃，变了味了。仅仅做个"好人"，不够了，得做"真好人"了。同样，仅仅写"小说"，不够了，得写"真小说"了。其实，我这样的信条，是在对应一句老话：人品不存，下笔无方；以心动心，方可换心。

　　老欧的"真"，提纯于生活，流露于心底。我能深切地体察到，他的创作过程，是一个博弈的过程。与读者博弈，得到读者的认同；与社会博弈，得到社会的认同。读者在认同中得到情绪宣泄，社会在认同中得到文明进步。但归根结底，他是在与自己博弈。因为小说所构建的一切，都出自于小说家自己的精神谱系和表达体系。老欧是在跟读者较真，也是在跟自己较真。

他这样较真，难免有哥们为他担心，替他捏着一把汗。毕竟，"又吏又文"的行当，历朝历代都不是个啥好营生。很多真正怀有"修身、齐家、治国、平天下"内圣外王修为的老先人，一番跳腾下来，结果都吃了巨亏，最终成为荒路飘零的孤愤亡魂。"文人"，本是人类社会的良心，人类社会前进的推进器，人类社会进步的探照灯，却在各种原因的导致下，自身也不争气，竟内化为"文胆，文豪，文庸，文痞"几别。"文胆"曲高和寡，"文豪"顾影自怜，"文庸"八面玲珑，"文痞"到处乱咬。即使在当下，如果一个人被冠以"文人"，就得注意了，那不一定是光环，大概率是说你"酸"。如果是一个有志之士得此"殊荣"，就更得小心了，那有可能是在说你性格特立，不合群；言行独行，没内涵；甚至是唯我独善，没醒事，不成熟。

但是，我不。我从没为老欧作品中的自我较真捏过一把汗，反而觉得是情投意合，大快文心。比如他的《假酒》，讲述的是作为儿子的"我"，发誓要在父亲满六十岁时，孝敬父亲两瓶好酒，却一路穷斯滥矣过来，直到父亲满七十岁了也买不起，一念之下，竟以二十元一瓶的价钱，给父亲买了两瓶假"五粮液"酒。结果被儿子的儿子当着众多的亲朋好友，漏嘴戳穿。在故事的推进中，对儿子"我"那侥幸心态的真实揭示，可说是入木三分："不是真的假酒，只是以次充好而已，酒假心不假嘛！再说，现在喝过五粮液的又有几人？我说，一半是自我安慰。""父亲不是外人，就算知道了也不会计较的。等今后有钱了多孝敬孝敬他就行了。我说。""父亲格外精神,见我拿出两瓶五粮液,更是喜出望外。客人们都夸父亲好福气,有一个在县城工作的孝顺儿子。我啥也没说,只是一味地傻笑。""专为您买的,辛苦了大半辈子,尝尝是啥味儿嘛!要办事另外去买。我打肿脸充胖子。"正是有了这些对儿子"我"真实准确、丝丝入扣的心理吐露,才支撑起了后面父亲由惊愕到护假再到包容的剧情反转,读来不由得让读者生发唏嘘。我笑问过老欧:你给你父亲买过假酒?他当然是咧嘴一笑,赶忙矢口否认:没有没有。我说,那你就不怕"有心人"从中揣摩你的内心隐秘,认定你是假人?他说不怕。

再如,他的《应急公厕》,说的是"省委组织老干部到基层调研,乌市领导担心老干部在途经辖区时,中途尿急,决定在途中建一处厕所"的故事。这篇小说无比燥辣,笔锋直戳官僚主义、形式主义。先是为了准确选址,市委秘书长煞有介事地召集十多位局长和专家,带上本市退居二线的老同志老耿,按以往接待上级领导的车速,沿老干部即将途径的路线前行,结果老耿尿在了 A 县和 B 县交界处。地址就这样算是选定了,既很人性又很科学。光荣的修建任务交给了 B 县,B 县立即召开会议,成立了公厕建修领导小组,由县长任组长,分管国土、城建的副书记和分管文卫的副县长任副组长,县委办、政府办、财政局、交通局、国土局、建设局、卫生局等相关单位的主要负责人和所在乡镇党委书记为成员。建设局负责工程设计,财政局负责资金拨付,当地镇政府负责工程实施,卫生部门负责卫生监督,其余部门全力配合。由于领导重视,措施得力,上下一心,干劲冲天,B 县只花了半天时间(原本的死命令是在一天之内)即大功告成。跟着,为了这公厕的定名,各级官员悉数登场,充分展示了他们的文化水准、执政水平和领导才干。镇党委书记向副县长的汇报是叫"公厕",副县长认为厕所虽横跨两县,但是我们 B 县修建的，应该把我们的功劳表现出来。他还认为那"公厕"的"公"字容易使人误会，以为只有男人方可入内，还是应补充完整为"公共厕所"。这样，就叫"B县公共厕所"吧。副县长向副书记作了汇报，副书记却直摇脑袋，说，前来的老干部中，有在国土部门做过领导的，公共厕所所在地属基本农田，怕要挨批评，必须说明是非耕地才行啊！于是就改成了"B县非耕地公共厕所"。副书记请县长前来视察，县长又眉头紧锁，说，也占了点林地啊，耕地不能占，林地就能占吗？于是，又改成了"B县非耕地非林地公共厕所"。县委书记兴致勃勃赶来看后，却顿时火冒三丈，说，不打自招！又长又臭！你不说，谁知道是耕地还是林地?! 马上把"非耕地非林地"几个字给我去掉！公厕的名牌就又换成了"B县公共厕所"。很快，市委秘书长前来督查，一看到那名牌，更是暴跳如雷，吼道：见过有厕所冠地名的吗？瞎胡闹！于是，在市委秘书长恶狠狠的咆哮中，公厕的名字又回归当初：公厕！故事讲到这里，老欧意犹未尽，没让其立马终结，还弯酸了几笔："次日，一排如花似玉的美女，手拿洁白的毛巾，一脸灿烂的微笑，和B县要员一起，站在公厕的前面，恭候着老干部的到来。""终于看到车队了。要员们急忙整理衣衫。但当他们挂上微笑抬起头来时，车队已从面前过去了。""要员们一脸失望。"读罢，我爆笑得酣畅喷饭。我问过老欧，你当过交通局长，干过这样的傻事？他照样是咧嘴一笑，赶忙矢口否认：没有没有。我问，那你就不怕你的对手从中发挥发挥？他说不怕，我没有对手。我又问，你就不怕有人对号入座？他说，还没听说过。

又如，《谁说要夹着尾巴做人》则是真汉子老欧对每况愈下的世风大动干戈了。这小说说的是二蛋从小就喜欢说谎，父亲就恐吓他说，说假话要长尾巴的。二蛋当成了耳边风，说假话的水平不断精进，无丝毫破绽。他就靠一张嘴巴，深得领导赏识和同事们拥护，从一般员工一帆风顺地干上了部门经理、分公司副总、分公司老总。不想，父亲那句话居然应验了，他屁股后面长出了一条尾巴。他恐惧过、懊悔过、也自救过，但他发现自己已经说不来真话了，即使心里想说真话，可一张嘴却假话连篇。他发现身边很多男女，其实也在说假话。直到有一天，在厕所里，他无意间发现，连总公司的老大也有一条尾巴。二蛋释然了，不仅释然了，为"解放"自己，也为"解放"老大，他还干脆来了个惊人之举：带头把尾巴光明正大地露了出来！谁说要夹着尾巴做人?！一时间，有尾巴，成了聪明能干的表现。没尾巴的，被视为怪物，开始刻苦学习说假话，希望能快点长出尾巴来。那些实在说不来假话的，就干脆在屁股上粘了一条假尾巴。很快，市面上就出现了假话培训班、尾巴销售店和尾巴美容中心，生意火爆得吓人。最终，二蛋因假心办了真事，揭了公司的短，严重损害了公司形象，被盛怒的老大无情辞退。二蛋的手下们见状，慌忙重新夹着尾巴做人。故事到此并未结束，临门一脚还在后面：一段时间后，二蛋竟奇迹般恢复了原职。原来，所有新生儿都有了尾巴。这老欧，给人描述了怎样一个令人恐怖、极其荒诞的世界。他的《假酒》先犯平常假人，《公厕》再犯官场陋习，这篇《谁说要夹着尾巴做人》是犯众怒了。我问过他，你就不怕走在大街上遭群殴？他说，不怕。我又问，你就没有尾巴？他呵呵一笑，狡辩道：专家说，人类天生就有尾巴，尾巴的再次出现，不是简单的回归，而是已经进化到了更高的阶段。

当我在写作此文时，窗台上突然停了一只麻雀，与我近在咫尺，很淡定地，左顾右盼地，在打量我和我的笔记本电脑。似乎在打探我写完没有，又似乎在纳闷怎么就还没写完呢。我知道此麻雀非彼麻雀，这只麻雀是灰扑扑的，而人家老欧是金灿灿的。但我还是赶快拍下来，发给了老欧。谈笑之余，我又提到了"吏隐"一说。老欧回道：不可与老先人相提并论，然后使用了句号。句号后面又跟了四个字：我还活着。我把"不可相提并论"，看作是他对老先人们的尊崇和敬畏；把"我还活着"，认定是他对生命的喟叹，是对自己人生价值观的坚守。

2024 年 8 月 19 日　于蜀人原乡

董朗那一毅然转背之后

董朗（1894—1932），原名董嘉智，号仲明。四川简阳（今属成都市）平安乡董家河村人。1924年在黄埔军校加入中国共产党。中国工农红军早期领导人之一。1932年10月在"左"倾机会主义者推行的肃反中被诬陷错杀，时年38岁。

1954年5月，被追认为革命烈士，中华人民共和国中央人民政府给其家属颁发了由毛泽东主席签署的《革命牺牲军人家属光荣纪念证》。

董朗走了。

毅然决然一转背就走了。

他变卖了家中的四亩土地，告别了新婚才半年的妻子、尚未出生的孩子，踏上了准备去法国勤工俭学、寻求革命真理的不归之旅。"三年后我回来接你们"，竟成了他与妻子游文彬的诀别语。那一天，是1920年的12月7日。

他这一走，留给妻儿的，竟是无尽的伤痛和艰辛。

七年后的1927年的7月，游文彬收到丈夫发自武汉的一封信，要她带着孩子前去会合。原来他并没有远走法国，而是在上海投身革命，又赴广州黄埔军校深造，参加"商团平叛"、东征陈炯明、省港大罢工、北伐张作霖，由于足智多谋、骁勇善战，已被叶挺师长委任为第 70 团团长。游文彬思夫心切，带上已六岁的儿子，与三弟董嘉敦一起赶赴武汉。

乱世出门，十分艰难，远足的人们都恓恓惶惶。在船上，一个姓周的年轻人盘缠用尽，无可度日，游文彬慷慨解囊：有我们吃的，就有你吃的，大家都是出门人。年轻人感激不尽，船到汉口，执意要游文彬先到他家留住，待他去董朗信上指定的会合地点把董朗找来。游文彬盛情难却，到周家，受到热情款待。

不想，15 日汪精卫在武汉背叛革命，向共产党和革命群众大动屠刀。根据中共中央临时政治局常委要在南昌举行武装起义的紧急决定，董朗已于 25 日随叶挺去了南昌。待姓周的年轻人找去，只见着董朗留下的一口箱子。

董朗又走了。

游文彬搂着儿子哭了。儿子叫"万任"，是当年丈夫离家时取的。"就是要孩子长大后，担当起为千千万万劳苦大众谋福利的重任"，丈夫的话，犹声在耳。小万任一个劲地安慰妈妈：妈妈，你莫哭嘛，爸爸是当兵的，街上走过去走过来都是兵，你去看看嘛，看有没有我爸爸嘛！

考虑到人心不古，游文彬对丈夫的情况只字未语。可周家似乎明白在心。董朗的皮箱里，装的是他在黄埔军校穿的军服，还有一枚省港大罢工奖章。随时的突然搜家检查，害得游文彬为之心惊肉跳，可周家几次都机智地掩护了过去。也就在一次搜查前，她偶见周家的父亲在藏匿一大把文件，她陡然释心了：哦，原来在不经意间攀上了革命亲戚！

在好心的周家住了几月，丈夫杳无音信，游文彬只好带着万任启程回川。董朗的军衣是带不走的，便忍痛丢进了长江。奖章缝进棉衣，一路上就好像丈夫时时都在身旁。

你要好好保重自己，带好孩子。这也是丈夫当年的临别叮嘱。游文彬艰难地独自担当起了养家糊口、抚养儿子的重任。小万任聪明懂事，发奋努力，考取了川大。地下党人知道他的身世，怕引人注意、断了赫赫有名的红二师师长董朗的这根独苗，没有发展他，可他仍然积极参加外围组织。有一次，班上一名叫陈维珍的女地下党暴露了，国民党特务要来抓她，董万任便将她藏到简阳龙泉驿老家。为遮人耳目，还结拜为兄妹，给她取名为"董万茹"。

走了的董朗就再也没回来过。

1946 年 3 月，重庆八路军办事处刘昂根据周恩来、董必武的指示，化名"刘一清"给董万任写了一封信：你父亲为革命牺牲，是很光荣的事，他为全国人民的生存而奋斗、牺牲，与天地共存、日月同光！还随寄了几块大洋，要董万任好好求知，茁壮成长。不，他还在！悲恸的游文彬不愿相信。后来，陈赓在抗美援朝做司令员时回信证明了，20 世纪 60 年代贺龙元帅也委托国务院办公厅回信证明了。原来，南昌起义后率部转战海陆丰、湘鄂西，打得敌人畏之如虎、恨之入骨，被视为"董狼"的红二师师长、江左军指挥，没有牺牲在战场上，而是被王明"左"倾路线诬为"改组派"错遭杀害。这可让烈士的亲人们伤心了。

可他们毕竟是烈士的亲人。从未与父亲蒙过面的董万任教育教学工作出色，当上了资阳中学校长。不幸的是，因积劳成疾而英年早逝，留下五个子女。游文彬又同儿媳石正矩携起手来，含辛茹苦地拉扯孙儿孙女。你们是烈士的后代，就要活出烈士后代的样子。她经常摸出董朗那枚奖章和唯一的那张照片，向他们谈起他们的爷爷。五个孙儿孙女，小时候个个都捡过果皮、刨过炭花、捶过瓦渣、筛过河沙、炒过塑料、削过鞋底、刻过钢板、搞过油印，等等。这样好，你们既磨炼了意志、品质，又贴补了家用。游老太不断地夸赞、鼓励他们。

只是，游老太身体越来越差，以致疾病缠身，而每月仅十元的政府补贴，实在连医药费都远不能及。在负担越来越沉重，且当地政府又解决不了的情况下，他们才写信给周恩来总理求救，并随信寄去了董朗那张陈旧的照片。周总理指示将信转到了当地民政部门，并十分细致地又将那张宝贵的照片退回以便他们保存。游老太的医药费解决了。可仅那么一次，后来的又成了问题。老太干脆利用每年参加座谈会、团拜会的机会，当书记来关心她，要她"好好生活"时，直接将医药发票递到他们手上，"我是实在没办法啦！"

五个孙儿孙女，都像他们的父亲那样，十分争气，都受过高等教育，个个都是好样的。孙儿董宇凡大学毕业后参军去了二炮，转业后到北京海关总署做了翻译。1987年11月，87岁高龄的游老太离开了人世。聂荣臻元帅通过成都军区政治部打来唁电，还委托石正矩代献花圈。海陆丰也发来唁电，并汇钱来请代献花圈。

第二辑 足
浪

想跟苏东坡出去走一趟

题记：眉州有青神，青神有邓友权、邵永义二兄。我每去青神，邓、邵二兄必陪我去中岩山，在唤鱼池边品茗神侃苏东坡。二兄善侃，侃得苏东坡妙趣横生，也侃得我心旌摇荡……

又侃苏东坡，竟冲动难耐：想跟他出去走一趟。

想跟苏东坡出去走一趟，是因为我少不更事时，对他的顶礼膜拜，还真的多是冲着那豪放的气派和奇绝的才华。啥啥"我欲乘风归去""诗酒趁年华"，啥啥诗文、词赋、书画无不登峰造极，啥啥"宋四家""唐宋八大家""千古文章四大家""唐宋以后无古文，东坡以后无才子"……而对其心路的历练，感同身受远不及今。

想跟苏东坡出去走一趟，也是给余光中"挑逗"的。他说，出去旅游，不要跟李白，他不现实，不负责任；也不要跟杜甫，他太苦哈哈了，怕太严肃；要跟苏东坡，他可以做很好的朋友，他是一个很有趣的人。

"有趣"，还真是举重若轻，"轻轻地"就把苏东坡扯下了神坛，成了"驴友"。

想想也是。屈原与日月争光，终忧愤跳江，成了"神"；陶渊明实在不想蹚官场浑水了，不玩了，隐逸南山去了，成了

"宗"（隐逸诗人之宗）；李白再也受不了"臣妾气态间"的玩弄，一声吼："安能摧眉折腰事权贵，使我不得开心颜！"扭头而去，成了"仙"……苏东坡，却无论高居庙堂还是委身江湖，都把自己起落无常的一生活成了一个"人"。他把一个"人"，活成了尊严、仁厚、旷达、宽容、温暖，活成了哲明、坚韧、豪放、机趣、美妙，活成了一种境界。后人在不同的境遇里，可与他相逢；在一次次的品读里，可将他激活；在与他随时的攀谈里，都能领略到他那浸润千年中国的天趣微笑。

跟苏东坡出去走一趟，最想走的是黄州、惠州、儋州。

苏东坡离世前两个月，作了一首小诗《自题金山画像》。这是他的绝笔，也是给自己的一生挽了个圈："……问汝平生功业，黄州惠州儋州。"他自视一生最值得称道的所得，不在做朝堂权贵时的显赫，也不在做地方官员时的德行，恰恰在被贬谪三州时的苦难和磨砺。这看似自嘲，实是丝毫不减本色的豪放，是不可救药的旷达。

要知道，在朝堂，为了争取皇上采纳自己的策论，从而顾及天下苍生的福祉，他可是一只不折不扣的"斗鸡"；在地方，为解庶民百姓的疾苦，他可是一只翅羽尽展的"母鸡"；而在被贬谪的黄州、惠州、儋州，他活脱脱成了一只自由鸣放、漫山撒野的"跑山鸡"。

去黄州，一定要跟苏东坡一起去躬耕东坡。一个文人的文房四宝，换作了农人的锄头镰刀。一个失魂落魄的犯官"苏轼"，脱胎换骨为大宋文坛领袖"苏东坡"。

去黄州，一定要跟苏东坡一起穿芒鞋、拄竹杖，去沙湖道上淋一次雨，在风雨泥泞中听他吟诵那大彻大悟的人生哲言和政治宣言《定风波》。一个曾经恃才张扬的旷世奇才，一个曾经视给皇帝写治国策论为正道的朝廷命官，终于在这里找到了他的人生坐标和精神图腾，开始了从文人向哲人的转变和丰盈，开始了将孔子、庄子两种人生态度统一于一种人生模式。这种体现民族文化性格的人生模式，甚至改写了中国性格。

去黄州，一定要跟苏东坡一起寻一月明之夜，摇一叶扁舟，醉游赤壁。还能同卑田院乞儿一起，连夜杀头病牛下酒吗？还能喝它个月黑风高，最后不得不翻墙入城吗？不如此，滔滔不绝的千古绝唱能从心井里喷发出来吗？

去惠州，一定要跟苏东坡一起流连西湖。

去了惠州西湖，一定要去朝云墓前垂首怜芳。

在杭州西湖，我曾数度漫步苏堤，幻想着从美丽的湖光山色和喧腾的物阜民丰中，打捞起当年那个文官在这里埋下的这根骨头。我也乘夜泛舟，灯火阑珊，总想偶遇朝云手抚古筝，唱着苏东坡给她写的词儿，而苏东坡翘首船头，在把酒问青天。正是苏东坡着手为朝云写词儿，万物入题，由心而发，豪放不羁，才把当时香软柔媚、不入文体的"流行歌词"，一举抬升为千古"宋词"。

与苏东坡一生相伴的三位女性都姓王。原配王弗早逝，苏东坡为她写下"十年生死两茫茫"；继室王闰之也先他而去，后来他的儿子们将他与之合葬；还只有侍妾王朝云一生辛苦，万里追随，一直陪他流离蛮荒。

恰好，朝云是杭州西湖人；恰好，苏东坡被贬惠州后，同样为解湖边百姓居住、通行之苦，又千方百计在这惠州西湖建起了一条"苏堤"；恰好，朝云逝前唯愿葬在这他乡西湖的栖禅寺下松林中。

聪慧可人的朝云、34 岁芳龄早逝,给被贬谪的苏东坡打击沉重。加之很快苏东坡再贬海角儋州,他的人生跌入了更加苦难的深渊。他觉得自己带朝云来到岭南蛮荒之地,连累她客死他乡,"算应负你,枕前珠泪,万点千行"。

"有趣"的是,后来有文献记载,1132 年,有强盗攻陷惠州,焚烧民居官舍,却唯独留下苏东坡给朝云修的白鹤居,并拜祭了朝云墓,即所谓"盗敬东坡"。

一个犯官,竟能当得如此!

去儋州,一定要跟苏东坡一起"呵呵""呵呵"。

当今互联网时代,我们常"呵呵"。殊不知,那时的苏东坡,早已在"呵呵",且特别能"呵呵"——

"一枕无碍睡,辄亦得之耳。公无多奈我何,呵呵。"

"近作小词,虽无柳七郎风味,亦自是一家,呵呵。"

"呵呵。酒极醇美,必是故人特遣下厅也。"

"某病咳逾月不已,虽无可忧之状,而无惨甚矣……呵呵。"

贬谪岁月,作为犯官,既要接受当地官员的看管,又还没有俸禄,可偏偏他又是一个"吃货","自笑平生为口忙"。他却照样能抠出生活中的细微乐趣,化苦痛于无形。

被贬黄州时,他向弟弟苏辙借得 4500 钱,他按一月 30 天分成 30 串,每串 150 钱,挂在一根横竿上,每天取下一串作为家用。后来借耕东坡,日子慢慢有了起色,居然吃得起价钱贱烂的猪肉了,他不仅摆弄出了"东坡肉",还得意扬扬地写下了《猪肉颂》。

被贬惠州,他又发现了一样美味,又得意扬扬了:"日啖荔枝三百颗,不辞长作岭南人。"街上每天只杀一只羊,犯官哪敢去买也哪有钱去买羊肉呢? 实在馋得不行了,就只好去勾兑屠户，买点羊脊骨。结果他一阵火烤，竟奇香无比，被他啃得干干净净。他又得意扬扬了，写信给他弟弟，说连等着啃骨头的狗都不高兴了。

僧州，更是偏远、荒蛮。苏东坡已打定主意先造棺、再掘坟，埋骨天涯。日子已不是数米为炊，有时还不得不煮起了青菜、熬起了野菜。偶尔，在海边捡到了蚝，他又一番烟火摆弄，把自己舒服得更加得意，不仅写信给友人显摆，还叫人家千万不要讲出去了，不然不知会有多少人争着来僧州把他挤走……心存妙意，处处莲开。至今，与苏东坡有关的美食，尚能凑足一大桌。

在绝地僧州，苏东坡最响亮的"呵呵"，给了陪在身边的小儿子苏过："儿子比抄得《唐书》一部，又借得《前汉》欲抄，若了此二书，便是穷儿暴富也，呵呵。"

苏东坡的"有趣"，来自当下的生活。他的一生，既与现实纠缠不清、格格不入，又沉浸现实、醉心现实。真正救赎他的，还是当下的生活。他把"八风吹不动"的理想主义，置换成了温暖人间的大爱情怀。所以，当他弥留之际，他的好友维琳方丈对着他耳朵大喊："端明宜勿忘西方！"他却嘟囔，我曾用心过好了我的每一天，西方极乐世界也就早已存在于我生命的每一天，而不是这时才刻意往生。

跟苏东坡出去走一趟，肯定不错。呵呵。

还真是舍得

初冬的暖阳，燃情烘烘地一路领跑，为我挤开窝头般密密匝匝的浅丘，打亮山野、林盘间花花搭搭的斑驳，直至把一座小城，从一条静静的大江边，给拽将出来，明丽地晾晒在我的眼前。

这就是射洪？名头有点"神神道道"的那个射洪？浸泡在"诗里酒里"的那个射洪？

川中丘区里，静静涪江边，款款迎来的射洪落落大方，气定神闲。

我却停车驻足，磨叽起来。

这射洪，其实与我家紧邻，跟我家几乎是田挨田、土挨土，从我家一踩油门两小时就能撞怀抵足。但是，这射洪于我竟是这般的生分，生分得素未谋面，生分得没搭上一亲一友。

虽是这般生分，却在每每念及射洪时，又总觉情愫纷飞、心弦暗弹。因为我早已擅作主张，认定这里有我两个貌似的"老熟人"："念天地之悠悠，独怆然而涕下"的陈子昂，以"悠悠岁月久，滴滴沱牌情"强势崛起的"舍得"酒。就连我这磨叽，都仿佛古人打马去拜谒老友，老远就歇鞭下鞍，以示实心虔诚。

我清楚自己磨叽个啥。

这里，有我一直想探寻的究竟。

不来射洪，对"射洪"这么个名头，我可能只有一直"神神道道"下去的份了。令我讶异的是，"射洪"一名竟由来古远，人家是"西魏置县，北周正名"。且这一"射"一"洪"的组合，还有根有据，相当贴切。看来，孤陋的我真正是轻慢了这射洪，这使我心中难免隐隐不安。

《元和郡县图志》载有："县有梓潼水，与涪江合流，急如箭，奔射江口。蜀人谓水口曰洪，因名射洪。"虽然，在那合流的两江口，因今人建起了电航工程，我再也看不见梓江"急如箭，奔射江口"的奇绝一瞬了，却也实诚叹服古人以"射"名江的高妙。要知道，那可是在南北朝的西魏时期，就始置"射江"县，至北周（557 年）则干脆直接改名"射洪"县了。奇绝之地，加上高妙之名，注定这里会闹腾出些超乎寻常的动静来，甚至生发出引领古今的精神高光。

来了射洪，要感受射洪、落笔射洪，一涕千年的陈子昂，是绝对绕不过去的。

这老先人，是这片奇绝土地上的奇绝生长。他的"海内文宗""唐诗诗祖""凤麟""雄才""诗骨""玉人"等名头，就那样千百年地昭告在那里。他传世的 127 首诗歌、110 篇文章，就那样千百年地显赫在那里。他诗文中那壮开大唐新风的创造革新精神、洞察国家安危的卓识、执念人间疾苦的衷肠，就那样千百年地酵解在那里。特别是他那一腔孤独遗世、独立苍茫的《登幽州台歌》，就那样千百年地，吊古伤今地，血泪斑斑地，惊天地、泣鬼神地，荡气回肠在那里……

唐卢藏用《陈伯玉文集序》说他："横制颓波。天下翕然质文一变。"唐韩愈《荐士》说他："国朝盛文章，子昂始高蹈。"宋刘克庄《后村诗话》说他："一扫六代之纤弱，趋于黄初、建安矣。"金元好问《论诗绝句》说他："论功若准平吴例，合著黄金铸子昂。"

最是"诗圣"杜甫，从陈子昂处得了"风骨""兴寄"真传，加之人文精神、政治热情与陈子昂高度契合，连人生际遇也同病相怜，他先有诗《送梓州李使君之任》，悲不自胜："遇害陈公殒，于今蜀道怜。君行射洪县，为我一潸然。"后又于陈子昂枉死60年后，自己也已51岁时，"安史之乱"的第七个年头，竟在破碎山河的流寓飘零中，苦哈哈拄着拐杖，大老远来到射洪拜谒陈子昂，留诗好几首，把陈子昂推到了至高无上的地位。《陈拾遗故宅》中说："有才继骚雅，哲匠不比肩。公生扬马后，名与日月悬。"《冬到金华山观因得故拾遗陈公学堂遗迹》中说："陈公读书堂，石柱仄青苔。悲风为我起，激烈伤雄才。"《陈拾遗故宅》一诗又赞："终古立忠义，感遇有遗篇。"这"诗圣"，与李白等人一起，彻底完成了陈子昂对唐诗革新更张的夙愿，却如此推崇一个同道中人，竟还是同一个时代的人，实属罕见，令人咂舌。

所以，在金华山陈子昂读书台，在广兴镇陈子昂文宗苑，在独坐山下陈子昂墓前，我虔心复踏着杜甫当年的脚印，心中沟通着陈子昂的诗句"伫立望已久，涕落沾衣裳"，心怀千古悲凉，纳头便拜。

当然，历来也有人诟病陈子昂"委身"武则天，就连武则天"以周代唐"时，居然堂而皇之进献《上大周受命颂表》，说她是"天命神凤，降祚我周"。也有人讥讽陈子昂急急切切地求功求官，换来的却是热脸贴了冷屁股，落得个竹篮打水一场空，还因"逆党"株连而锒铛入狱，不得不以父亲年迈多病为由，上表辞去并不显赫的官职（右拾遗。后杜甫任过左拾遗），而朝廷也没作挽留。最终，回到射洪没几年，竟被小小的县令段简囚死狱中，时年仅42岁……最苛责者，莫过于欧阳修主持的《新唐书·陈子昂传》："瞽者不见泰山，聋者不闻震霆，子昂之于言，其瞽瞽欤？"时值当今，一些对他的弯酸网喷，虽俗不可提，但仍惹我火起。我把这些说辞，通通看成假善、阴损、霸蛮、浅薄、偏激、妄言。

我在射洪的山水间踯躅盘桓，一如我在进这射洪城前的驻足磨叽。阳光梳理着我脑海里的思绪，和风抚慰着我心田里的涟漪。呜呼！对于千古子昂，我在磨叽着自己的说道。

不承想，一席"沱牌舍得"酒，喝得我如醍醐灌顶，茅塞顿开。

当年杜甫去射洪，喝的"射洪春酒"。触景而思此地此人、此国此我，不禁感时伤世。他那哪是喝酒，吞下的纯粹是一腔悲情："独鹤不知何事舞，饥乌似欲向人啼。射洪春酒寒仍绿，目极伤神谁为携。"（杜甫《野望》）那"射洪春酒"，即是当今"沱牌"酒的前世真身。我对"沱牌"酒的发轫、顽强、茁壮一直颇为心仪，因为在我老家县上也有一款酒，曾与"沱牌"酒同时获得过国家工商部银质奖，却迅速被"沱牌"酒甩了个帽子坡远，至今仍萎靡不振。及至"舍得"品牌磅礴出世，我更为之怦然心动。我料定，射洪人已提炼出了自己的大智慧、生活禅。果然，启迪心智的"舍得"品牌大行其道，提质升级的"舍得"佳酿名满天下。

我所见到的"舍得"酒业，远非杜甫当年见到的"射洪春酒"作坊，已是占地上万亩的国家级4A旅游风景区。景区涵盖厂区，厂区就是景区，绿化率高达98.5%，就连厂房上都爬满了绿植。"里三层外三层"的绿色生态循环系统中，共生着国家非物质文化遗产（沱牌曲酒传统酿造技艺）、中国食品文化遗产和中华老字号（泰安作坊），10万吨生态粮仓（绿色储粮基地），12万吨生态酒库（陶罐储酒基地），殿堂级制曲中心（312生态制曲中心），更有千年酒道和天下智慧的集腋成裘——"舍得"文化艺术。这一切都在向我力证：从这里智能生产线上流下的每一滴酒，都是绿色生态的文化酒、智慧酒。而这样的"异想天开"，竟早早发端于20世纪80年代。那个年代，商品经济虽风起云涌却又泥沙俱下，白酒天地虽万山红遍却又污浊横流。"沱牌"却唯我独醒，要弃短促、取绵远，独守冰清玉洁，直取完名玉成。在这"认死理"的过程中，不知历经了多少劫波。可这射洪人，硬是扛过来了。我不禁为之感叹：人家射洪，还真是舍得，"舍得一身剐"的"舍得"。

我这一感叹，引起了自己的警觉。再放眼一看，射洪这片土地上，如此的"舍得"精神比比升腾，如箭射天。也是20世纪90年代初，没锂矿资源、没锂业技术、没锂产品市场的射洪，却一口咬定这"工业味精""能源金属"越来越广泛、越来越紧迫的国际国内应用前景，无中生有突发"锂想"，"一意孤行"力排众议，风风火火"死磕硬上"，最终九死一生笑绽"锂花"。龙头"天齐锂业"，不仅继"沱牌""美丰""华纺"成为射洪第四家上市公司，而且"'锂'直气壮蛇吞象"，先后成功收购拥有全球第一大锂辉石矿的澳大利亚泰利森公司、全球第二大锂矿供应商SQM公司的股权，摇身一变为亚洲最大、世界第二的基础锂盐生产企业。如今占地1万余亩的射洪锂电园区，入驻行业上市公司9家。世界锂业看中国，中国锂业看射洪，射洪，名副其实坐拥"中国锂都"头把交椅。正是有了这种如箭射天的"舍得"精神，人家射洪，小小的一个县级市，先后斩获"全国县域经济百强县""中国白酒之乡"等国家级荣誉20余项，省级名片50余张，还有4A级景区3个、3A级景区2个、省级研学基地5个。就连人家新落成的文艺家活动中心，投资也竟高达1300余万元，共3层1200平方米。有诗有酒豪气干云的射洪，有"锂"走遍天下的射洪，"不只百强，不止百强"，仍在继续甩步前行。我不禁更是为之感叹：人家射洪，确实舍得，"舍得一身剐"的"舍得"。

如此，当我在皓月当空的涪江边，举起"舍得"酒邀约杜"诗圣"恭敬陈子昂时，不仅喝出了"有舍有得，大舍大得"的人生智慧和态度，更喝出了蜀川人特有的"舍得一身剐"的决绝和豪横。在千古悲凉与当下冷暖的交织中，在醉眼蒙眬与唯我独醒的掰扯中，我对陈子昂的特立独行，幡然顿悟：他不就是这"舍得一身剐"的精神源头吗？

陈子昂的"舍得一身剐"，不是"要把皇帝拉下马"，反而是苦心孤诣要"造就"一代真正的明主，"缔造"一个真正清明的时代。要知道，不是对诗文的革新触动了他要对政治的革新，反而是要对政治的革新触动了他对诗文的革新。他对政治的热情，并非为了厚禄。要知道，他在射洪的老家，家底出奇殷实，富得汩汩流油。他是为创造革新而生的，他一生都在不管不顾创造革新。在小我和大我之间，他舍的是小我的是非功过，取的是大我的兼善天下。他豁出去了，他舍得一身剐了。

所以，武则天尚在"临朝称制"时，陈子昂就向她论历史，论形势，论王道，论世情，论兵家，论刑制，论教化，论用人，等等，无一不苦口婆心，敦敦不辍。

而当武则天为扫除异己而盛开告密之门，纵使酷吏淫刑滥杀，朝廷内外人人自危且噤若寒蝉时，唯有侠肝义胆的陈子昂挺将出来，连上《谏用刑书》《谏刑书》《答制问条八条》《申宗人冤狱书》数道奏疏，针锋相对，义正词严，"睚眦之嫌，即称有密；一人被讼，百人满狱""宜缓刑崇德，息兵革，省赋役，抚慰宗室，各使自安""傥万一仇诬滥罪，使凶嚚者得计，忠正者见辜，为贼报仇，岂不枉苦"……

甚至，武则天冒天下之大不韪"以周代唐"时，他也来了个

"冒天下之大不韪"：进献《上大周受命颂表》。这看似讨好邀功，我却从中看出了别有的深意。帝王承续，何谓正宗，何谓法统？蜀川人不也有一句"不管白猫灰猫，逮到耗子就是好猫"的老话吗？骨子里根深蒂固的创造创新，使得他"遇非常之主，上非常之策"，仍没放弃对武则天成为一代明君的由衷希冀。

更令人唏嘘的是，要"舍得一身剐到底"的陈子昂，无奈辞官回射洪后，仍"尝恨国史芜杂"，居然开始着手私修"自汉孝武之后，以迄于唐"的"《后史记》"，"属本县令段简，贪暴残忍，闻其家有财，乃附会文法，将欲害之"（《全唐文·陈子昂别传》），最终被段简囚死狱中。

只可惜，舍得一身剐的一代雄才陈子昂，在那样的"家天下"里，到底是被无情轮回的封建车轮无情碾压。我等后人，与其说去过度揣度、苛责他跟一代帝王的政治理想纠葛，倒不如把那无情轮回的"家天下"扒拉出来，狠狠鞭挞。毕竟，在那么一条长长的封建道路上，悲悲戚戚地浪迹着一长串雄奇的英灵。

只可惜，武则天对于既忠义又死硬的陈子昂，也只能是欣赏和包容，他辞官回乡时还特许他"听带官取给而归"（《全唐文·陈子昂别传》，即让他继续带官享用待遇）。他无所不及地创造创新愿景，即使是一代天皇，在那样"家天下"的封建轮回惯性中，也无法实现。最终她给自己立起的那块无字碑，一面可能是在表白她勉强守住了大唐盛景的功劳，另一面可能是在坦诚她深重的罪孽和歉疚。我认为，其中也有对陈子昂们一干舍得雄才的歉疚。而在陈子昂的家乡射洪，后人们不仅悉心保护着有关他的遗址，还遍撒"子昂"名片：陈子昂诗歌奖，陈子昂纪念会，陈子昂研究会，陈子昂诗廉基地，子昂广场，子昂花园，子昂鱼庄，子昂夜啤酒……就连我下榻的酒店，也叫"子昂国际大酒店"。如此地敬重和呵护，也还真是舍得。

天边有醇香

不承想，跑一趟数千公里之遥的新疆伊犁，竟像扣开了一坛窖藏多年的伊力特曲，收获的是一份弥漫胸怀的浓浓醇香。

我和家人驱车到新疆乌尔禾，刚游完魔鬼城，就接到一个电话，风风火火的："唐老师，我是刘武洋，学生二十年没见你了，我就住在伊犁！没来伊犁还不算来新疆，你应该来！你必须来！"

我当即被这一通电话给"唬"住了，为着此次远足的难得，为着伊犁的诱惑，更为着武洋那一番不可推辞的热切。一合计，路程虽达七百公里左右，但新疆的天黑得很晚，大半天时间足矣，便很快回复："马上出发，再晚都赶到。"并约定，见面地点就在伊犁高速出口巴彦岱。

奔行在新疆莽莽戈壁，心胸真是辽阔着大地的辽阔。而眼界所极之处，是地平面所圆成的一条弧线。蓝蓝的天幕垂下来，与地平弧线一对接，天空就真成了一个穹顶。洁白的云彩顺着天幕垂下来，垂到地平弧线了还继续垂下去，天幕与弧线相交之处，仿佛又成了天之尽头、地之边缘，人，就仿佛奔行在了天边……

这武洋，怎么就跑到这天边来了呢？还一留就是近二十年，还把家人及户口从四川老家迁了过来。当年失魂落魄的他，或忍着风霜雨雪，或耐着酷日焦渴，这一路的坷坷坎坎，是怎样迈过来的？

　　20 世纪 90 年代末吧，我到资阳日报社做了副刊编辑。在编发稿件的过程中，渐渐熟悉了"刘武洋"这个名字。从旁得知，他干过农活，从过军，当过杀猪匠，后被乡文化站临聘。一天，有小兄弟领着一对怯西惶惶的小夫妻来见我，说是刘武洋夫妇，我与他才算是真正见上了一面。原来，他被精简了，试想着能否到报社来谋个职。我体谅夫妻俩低迷彷徨的处境，看重武洋脸上晦暗中犹存的那一丝韧韧，但我深谙当时报社的状况，认为可能性不大，因为有好几个文笔不错的小兄弟，我都没能"安插"得下，好在那时有资阳本土哥们儿杀进云南报界开疆拓土、力闯天下，也好在那时云南的报业发展风起云涌、竞争白热，在大量上人，我便把那几个小兄弟一股脑儿给"批发"了过去。于是，我鼓励武洋，"为男儿，志在四方。要走，就走远点，干脆我介绍你去云南！"武洋便是这样背井离乡，悲壮成行。先过去的小兄弟们已经站稳脚跟，已能出手相助，武洋与他们结下了生死情谊。可后来，有小兄弟透露说他在那边情况不妙，好像是得了啥病，还较严重。似乎又还很不走运，拖着病体去过三家报社，而那三家报社又似乎因他这病坨坨的到来而先后倒掉……再后来，2000 年吧，我接到过武洋的一个电话，说他已经去了新疆伊犁，却不是从文，而是改弦经营小买卖。我在《中国地图》上一查，发现伊犁在那雄鸡一样的版图上，已处于雄鸡尾部那"翘翘"上，况且已是那"翘翘"的边上了。当时我心下很是沉重，想他必定是走投无路了，才从一处偏远的地方，跑到另一处更为偏远的地方去了。

　　可以说，我与武洋，似乎就那么一面之交，再就是"顺手"把他"支"到了边陲云南。那次似乎同他小两口吃了一顿饭，似乎是我结的账，已记不清楚了。还可以说，时间已这么久远，他于我，我于他，可能连双方的形象都均已模糊散淡。但我这"老师"，他是一直认着，平日里除了偶尔在网上"碰碰面"，还不断有文章发回来，在家乡的报纸杂志上刊发，似乎在表明，他的初心仍未被磨灭，仍未轻易更改。

车出巴彦岱收费站，虽已是晚上 11 点，可伊犁的天，还刚刚擦黑儿。一个灰色的人影，一边打着手机，一边东张西望，还一边跌跌撞撞地奔跑着迎了过来。我大喊一声，还果真是他。"让我好好看看让我好好看看，长成啥样去了？"那个依稀的武洋，又真实地出现在了眼前，我不由得仔细打量了又打量。黑了，夜色下显得更黑，不过，身体倒还显得壮实。"走，走，走，"他连声热切相邀，"到我那里去到我那里去！路上解决夜饭。"

结果，他家并不在这伊犁州府所在地伊宁城，而在下面的一个县，叫特克斯，还有一百余公里。好家伙，为了接我，居然专门喊了个小车，跑了这么远的路。我有点埋怨他："现在有了导航，你发个卫星定位，我不就能直接到达你家门口了？"他却不这么认为，理直气壮地连声否认："这是两码事，这是两码事！让你找到我家去，跟我接你到我家去，有着本质区别。别人听说了，特别是老家的人听说了，绝对是两种截然不同的评说。这是礼数！"不想，从伊宁到特克斯，整条道路都在改造，沿途坑洼遍布，尘土高扬，途中还要翻越天山特克斯达阪，我更于心不忍他跑此一趟，可他还是那样笃定地认为：这是礼数，这是礼数。

这次，我才算是真正认识了武洋。武洋原来是一个心扉敞荡的人，甚至是一个说话做事颇有点斩钉截铁意味的人。他说，当年他带病从云南昆明来新疆特克斯，本是给别人开车，可不到半年，他竟把生意看懂了，便同妻子一起，直接深入乡下，在一个大队部（**村委会**）所在的山口，张罗起一个日用百货小商铺。当时那边牧区、农区的经济大为好转，对日用百货的需求与日俱增，两夫妇不分白天黑夜地把货品从城里搬上山再卖出去，累得吐血。那边是哈萨克人聚居区，两夫妇每天一开门就同他们打交道，"他们很纯朴，很讲礼数，我们很处得来。"有时，有哈萨克老乡提出这样那样要求，需要这样那样货品，哪怕是大雪封山，他都打马进城，况且哪怕是找遍全城，也尽心尽力地满足他们。"我学会了他们的语言，跟他们交上了朋友。现在想来，那真是一段特别有情有义的日子。"后来，城里有一个带住房的商铺店面要出售，靠着朋友们的资助，他毅然买了下来，干起了批发兼零售。此后生意更好，好得开始用大货车一车接一车地进货，自己也买了个小货车一车接一车地出货，甚至好得有时一天劳累下来，晚上连数钱都没心思、没精力了，"搞不好，一数就是一个通宵"！他还把他目前的家产一项一项地加给我听，得出了一个庞大的数据，挺吓人的。"我是不会藏着掖着的。云南那边有兄弟对我的状况是十分清楚的，我啥都要给他们讲。我还跟他们讲，如果在报社操不走了，就到特克斯来！没本钱，不要担心，来嘛！没路子，不要担心，来嘛！拖儿带女，也不要担心，来嘛！我会加倍地帮助他们的。"

对于第二故乡特克斯，武洋简直赞叹得唾沫飞溅：南有天山北有乌孙山，中间有特克斯河；境内有丘陵、有森林、有草原，没得酷暑、没得污染。"更神奇的是，连蚊子都没得！"年平均温度才5摄氏度，夏天蒲扇用不上，电风扇用不上，空调更是用不上……

当然，他最最称奇的，是特克斯县城。这可是被上海大世界基尼斯总部命名的"世界上最大规模的八卦城"，还是被国务院命名的"国家历史文化名城"。整座城市以一座八卦坛为中心，以乾、兑、离、震、巽、坎、艮、坤八个卦相命名的 8 条大街，由内向外辐射而去。到二环路时，街道成了 16 条；到三环路时，又成了 32 条；到四环路时，还成了 64 条。出自周文王乾坤学说的八卦"后天图"，竟以如此宏大规模的民生建筑，给予了另类有形呈现。我就为武洋连连感叹了：难怪不得，来到了这么一座神奇的城市，咋还舍得离开呢。

　　不过，我又很浅薄地在思考另一问题：源自西周易经的八卦（先天八卦），分别代表八种基本物象：乾为天，兑为泽，离为火，震为雷，巽为风，坎为水，艮为山，坤为地。及至周文王的乾坤学说（后天八卦），有了"后天图"时，他认为先有天、地，天、地相交而生成万物，天即乾，地即坤，八卦其余六卦皆为其子女：震为长男，坎为中男，艮为少男；巽为长女，离为中女，兑为少女。一代又一代的特克斯人，为何自南宋起，就在不遗余力地按照周文王的图像，垒筑、拓展、固守这样一种形态的城池呢？我有些想当然地认为，他们不应该是在简单地按图索骥，应该是在讲求象天法地、阴阳为序，祈求祥瑞普降、逢凶化吉等的同时，又因此地实在是地广人稀，而在特别祈求天地作合、人丁兴旺。一问武洋，似乎还真是这样：特克斯幅员 8000 多平方公里，人口却仅 17 万，其中汉人 3 万多。有趣的是，汉人多是外来的，外来者中多是四川的，四川人中又多是他老家乐至县的。外来的四川人，大多集中居住在一个叫"阿特恰比斯"（哈萨克语，意即"跑马场"）的村落，兴盛时人口多达近九千人，村上甚至还举办过高中，考上大学的子弟至今已达 1800 余人。村子不仅成了新疆最大的"小四川"村，而且成了天山深处声名远播的"状元村"。对于特克斯如比仁厚的包容性，他也感叹："确实，即使到了新中国成立后，这片土地，对'盲流'都仍还敞开着胸怀。"

武洋向我讲到了先期从他老家过来的一个人：小盲流。20世纪50年代末60年代初吧，老家遭遇三年困难时期，一个十四五岁的半大小子，被饿出了家门。他见车就爬，爬了汽车爬火车，爬了火车又爬汽车，最终像一枚断了线的风筝，稀里糊涂地飘落在了这么个天远地远的地方。当地人一夜醒来，见突然冒出那么个浑身稀脏的汉娃子，都傻眼了。你说他是匪盗吧，不像；你说他是敌特吧，也不像。最终才搞清楚：哦，盲流。这里的地，广得种不过来，粮食有的是吃，羊皮袄有的是穿，村民们二话没说，笑嘻嘻地收留了他，帮他搭起了地窝子。可这小盲流并不简单哪，人家有文化——念过书，写得起字，还计算得来阿拉伯数字，于是，被委以生产队记分员。几年后小盲流衣锦还乡，在老家人的眼里，成了在天边有粮吃不完、还当了"干部"的新贵。于是，当小盲流返转时，就有人家撺掇一个闺女，跟他去那美好的天边成家。那闺女第一眼见到地窝子时，如遭棒击，大呼上当，差点打道回川。可在接下来的日子里，随着大形势的好转，小两口硬是凭着自己的勤劳和智慧，地窝子换成土坯房，土坯房换成砖墙房，挣得了一份令老家人真正眼羡的生活。而那小盲流也实在是很争气，后来居然被一个政府机关录用，成了真正的国家干部，吃上了国家粮……

可惜，当年的小盲流退休后没几年就去世了。当年那闺女，现在已是一个慈眉善眼的老太太。她总是教导后来人，尤其是像武洋这样的年轻人：在这么好的地方，只要有手有脚，哪里找不到吃的？只要为人实诚，哪有讨不到好光景的？

"这里人口虽少，但民族众多，民族种类达33个。"武洋说，"实际上，我们汉族在这里应算是少数民族。可我们都相处融洽，因为大家都很讲礼数，这就构成了质朴的民风。"

他说，这里的民族老乡，与老家的乡亲别无二样。他们在山口开店时，那里不通电，照明靠马灯。那只伴随他们艰难岁月的马灯，至今还悬挂在他们家里，成了"镇宅之宝"，成了教育儿子的物证。那里还不通水，一到冬天，吃水得靠下到河里去砸冰窟窿取水。有一次，他冰窟窿没砸开不说，还突然晕倒在冰天雪地里。是一哈萨克老乡把他救回了家中。受人一尺，敬人一丈。有一次，天突降暴雨，河水猛涨，一老乡连人带车被困河中，只得在车上支起篷布躲着，苦苦等候大雨停歇。妻子小兰煮了一大钵汤面，武洋脱掉长裤，冒雨涉水把那热腾腾的汤面送到了老乡的手上。还有一次，一老乡的小巴郎（儿子）夜里突然患病，是武洋立即开车下山，送进城里医院抢救脱险的。事后，那老乡教他那小巴郎喊武洋为"爸爸"，喊小兰为"妈妈"……

我也注意到过，走在街头的武洋，黑黑的面庞，敦敦实实的身板，一副劳动者的打头，谁还看得出他是一个外来者呢？就一个普普通通的特克斯人嘛。

在天边，感受至深的，还真是那无处不在的礼数。

为了能使我在特克斯游玩尽兴，武洋特地邀请了一个叫丁昌明的当地作家作陪。丁老先生已七十有五，南京人，早年从部队转业到新疆建设兵团，就长年在特克斯屯垦，后调入地方工作。老先生居然不辞辛劳，也随武洋一道，跑到巴彦岱出站口来接我，还送上了他写的六本书，此后一步不离全程陪同。老先生的笔触，总是在新疆大地滑动，字字句句总关情。老先生说，他正着手把在伊犁的几个军屯团写成一本书，既要写艰难历程中的地窝子，更要写今天天翻地覆的变化。目前他已实地采访了各团，尽可能地采访了各团的历任团长，只等下笔了。在 5A 级风景区喀拉峻大草原，管理方一听说武洋带来了老家和本地的作家，竟绿灯大开，免费放行。路边的一个院落，已经真正是红杏出墙，武洋像回到了自己的家一样，推门而入，领我们去摘红黄香艳的杏果，主人家满心欢喜，竟还给我们搬出了梯子。在阿特恰比斯村，乐至老乡见了我们几个老家人，立马丢掉他们在特殊环境中，靠自己特别的语言天赋"组合"而成的"哈川普"（一种以川话音调为主，融入哈萨克词汇、新疆方言的"普通话"），换成地道的老家话与我们热情攀谈。"你们是四川哪个凼（地方）的?"一个姓张的乐至老乡，此村的副主任，一再热情挽留我们吃饭，"天远地远的，老家来了人，我们再怎么饭要招待一顿噻!"在八卦坛，我被层柜里的一本书一下子吸引住了目光：《跑新疆》。那一个"跑"字，恰恰契合了我对小盲流、刘武洋，甚至历朝历代远徙这天边的外来者的探究心理。从作者的署名"刘敏"来看，应该是个汉族人。向武洋一打听，竟还是个四川老乡，竟还就住在这城里。我当即请他代我上门去求一本书，他满口应承："没问题，我们是文友!"显然，在他周遭，还聚合着一大群当地文朋，结果他不仅把书求来了，还把人请到了晚餐桌上。刘敏先生祖籍四川广安，自幼便随流来到这里，现为作家、剧作家，还是中国书协会员。他与我年纪相仿，但对那个"跑"字的认识和体察，自是另一番深刻和独到。他说，《跑新疆》实为三部曲，目前还只出了第一部，就有影视公司找上门来了。武洋上的主菜，是哈萨克老乡待客最高规格的"烤羊娃子"，上的酒是新疆最好的伊力特曲。作为特克斯八卦城文化的研究、传承、推广人，刘敏先生自然是对哈萨克老乡招待客人这"烤羊娃子"的礼数，做一番仔细讲解。特别是对我这么个一头雾水的主宾，面对这一信看所应到的礼数，更是一番悉心指导。就着纯美芬芳的伊力特曲，斯文儒雅的刘敏先生还主动给我们唱了一首哈萨克民歌，那歌声情意真切，韵味悠长。我也即兴回敬了一首老家俚歌，还躁动一桌子的人都来帮腔，但未免过于刚烈和燥辣，几可算是笑料……

对于我这从老家来的"老师"，武洋的礼数更是周到、细致，点点滴滴都体现出一心一意。他变着花样领我们出去游玩，出门时要上楼来请，回来后要送上楼至门口。还变着花样让我们品尝特别美食，吃过"烤羊娃子"后，还居然安排过两只硕大的牛蹄。住宾馆、吃饭、游玩，就连洗车、给车换机油等一切，都不要我花一分钱。有一次我都已经把钱给到老板手上了，他是不容分说让人家退给我了的。他还给我打过洗脚水，我洗了脚后，他还要争着端去倒，慌得我真正是手脚无措。临别，除了送我伊力特曲，还托我给家乡的好友带两大箱回去，把车子后备箱塞得满满当当。甚至，他还要打发"路费"……

礼数者，有礼有数也。古话说，施恩求忘，可我认为我对武洋这样的小兄弟，并未给予啥恩惠，更没有值得去忘却的东西，他能有今天，靠的是坚韧和实诚，所以面对武洋，我是从心里感到十分忐忑。唯一能令我的心稍觉安稳的是，从他的言行中我体察到，他两夫妇并非只对我这样，他们对所有的来客都是这样仁至义尽。但，对于像武洋这样的受恩必报，在时下这个社会，多多少少确确实实又让人觉得似乎有些久违。礼数，那可是维护伦理、维护秩序的规范，不可失，不可坏，不可废，不可断绝。在武洋身上，在像武洋一样远在天边的那一群人身上，所存留的礼数像一条条经纬，维系着自己，也维系着别人；像一缕缕醇香，芬芳着别人，也芬芳着自己。

去看 "四姑娘"

翻巴郎山了，就要见到"四姑娘"了，心儿也就开始激动起来。

虽是一条新筑的水泥路直通上去，但抬头见了那么一座望不到顶的大雪山，还是担心这吃力的汽车翻得过去吗。汽车似乎没想那么多，在司机若无其事的驱使下，吼叫着老老实实往前赶。时下已是初夏，山脚处偶尔已能见到几朵初绽的野花。越是往上，让人心动的就是那蒸腾飘逸的云雾了。正欣赏着，哪知汽车一头扎了进去。若是旁人见了，该是多美的云中穿行，而身在其中的我们因浑然不觉而索然无味了。真正最令人心旌荡漾的，是爬到最高处将云霞踩在脚下时。那已是一片浩瀚的云海，依着山峦，顺着山风，在缓缓地流淌。无遮无拦的阳光，心花怒放地照射着云海，云海婀娜婉转而变幻着色彩，一时令人感慨这才是"气象万千"。我们慌得直叫司机停车，可见惯不惊的司机哪肯理会，就那样一任美景擦眼而过。我们一行男女气得心生歹意，私下诅咒这破车怎么就不坏在山上。结果那车似乎经不起诅咒，果然咔咔几声，不肯动了。我们兴奋得嗷嗷直叫，挤眉弄眼着直往车外跑。只可惜美景错过，已至一阴背处。

司机恼得直骂汽车，口口声声要把那可怜家伙的祖宗八辈、姐儿妹子这样那样，然后又迁怒于我们幸灾乐祸，喝令我们不准跑远。我开始还耐着性子陪自恃能干的司机这里赏汽车两撬棍、那里赏汽车两扳手，后来渐渐地就失去了耐性。公路边是一片浅草地，那里有一条小径溜下山去，曲里拐弯地截掉了盘山公路的几个大弯，我便逃也似的顺其而下了。突然从身后传来齐声吆喝"哎——"，一回头，见那同行的四个姑娘，一人踩了一根路桩，一字排开地在那里朝我招手。我突发灵想，兴许彼"四姑娘"就是此四姑娘，便抬手按下了相机快门。

穿过草地，蹚过小溪，上了公路后，在一筑路人的工棚坐了好一会儿，汽车才来。司机像捡叫花子一样把我搭上，又一路紧赶。也不知过了多久，转过一处山梁，陡见前面立着几座雪山。"四姑娘山！"一车的人都脱口叫了起来。司机这才停下了车，让大家欣赏、拍照，并开恩似的告诉大家，这就是猫鼻梁，是看我们四姑娘山的最好位置。我们见不得他那炫耀的样子，见镇子已经不远，便又来了性子，声称要步行到镇上。司机有些不怀好意地笑着把车开走了。

就是这几座雪山？那几座雪山，确有不同之处。峰峦虽挺，但因一分为几而失却了雄健，且因已被告知是"四姑娘"，就很容易心生"纤巧""玲珑""秀美""阴柔"等爱怜。加上其银装素裹，就更容易视它们为一群楚楚动人的女性了。云彩一拨拨地飘然而至，有时是一大团，罩住了"四姑娘"的头，搂住了"四姑娘"的腰；有时又只是那么一丝一缕，缠住了"四姑娘"的颈项，挂在了"四姑娘"的发梢。温情缠绵了一番后，又一拨拨恋恋不舍而去。阳光时而强烈，把云彩照得通体透亮，一身雪白的"四姑娘"也晶莹剔透了；时而又是那样轻柔，端端地只点在那几座雪山的顶峰上……可是，这"四姑娘"又是哪四个姑娘呢？她们是谁家的姑娘？为什么都站在了这里？她们顶风冒雪站这里多久了？因我们纯粹是结伴而行，没有导游，没查阅过任何资料，所以对什么都无甚了了，大家便叽叽喳喳地编起神话传说来。我将目光从"四姑娘"移向身边兴奋不已的四个姑娘，"你们谁是谁?"

四姑娘山脚下的小镇，有一个怪异的名字：日隆镇。看似不远，但走过去，一行人都已脚手软，天也已经擦黑儿。随便找一农家，谈好价钱，就放下了行囊。刚坐下吃饭时，又进来一个洋人和一个中国女子。那洋人精瘦、高长，已老大不小，脸上尽是褶皱。那女子很矮，也算不上漂亮，却还十分年轻，像个学生。洋老汉也吃中国饭，但不敢沾我们的烧酒。在整个吃饭的过程中，我们几个嘻嘻哈哈，继续开着"四姑娘"的玩笑。那洋老汉不知听懂没听懂，却居然还像小孩一样面呈腼腆。而那女子倒是举止老练，很少说话，只是偶尔同洋老汉叽咕几声。

草草吃完饭后，洋老汉推门进了一间小屋。那女子也脚跟脚地进了去，旁若无人地随手关了门，还咔嚓一声上了反锁。随行的四个姑娘见了，眼睛睁得老大，然后又都赶快收了眼，低下眉来狠扒碗里的饭。

四个姑娘被主人家安排在过道里睡通铺，就在洋老汉的小屋门口。而我和随行的一个小兄弟则被安排在灶屋里。因还会有客人来，灶火没熄，屋里烟熏火燎的，十分闷人。我和小兄弟实在憋不住了，只好爬起来，到院坝里的火堆边枯坐。没有锅庄，没有烤羊，也没有酥油茶和青稞酒，只有去看天上的星星，望四姑娘山的身影，听小河里的水响。灶火终于熄灭了，估计柴烟已散得差不多了，我们才回屋睡觉。进门时，我禁不住瞟了一眼过道，那四位，可是天天嚷着要进山来看"四姑娘"，但一路劳顿后，竟被安排在了那样的地方。女主人似乎看出了我的心思，直嚷："安全的，住我这里，安全的。"

"明天咋办?"小兄弟的一声嘟囔，平添些许人在旅途的愁绪。"睡吧，明天……凭感觉，瞎转。"

我的汶川兄弟

2008 年"5·12"大地震发生时，我向外面打出的第一个电话，就是汶川。那里是震中，那里与世隔绝、杳无音信，那里有我的羌族诗人老弟——歌曲《神奇的九寨》词作者，我们资阳的女婿——杨国庆，还有住在白云里的村庄——萝卜寨里的羌族张老哥。

如果我是自由之身，能像那许多热血男女一样能一起身就赶赴灾区，我肯定是直奔汶川而去，直奔杨老弟和张老哥而去。

电话那头急促的忙音实在令人揪心。

真是天遂人愿，宝贵的机遇突然降临：14 日下午，报社采访中心值班副主任打来电话请示我："报社要派一个记者跟随资阳市抗震救灾民兵抢险突击队到汶川抢险，你看派哪个去?"

"哪个去? 我去!"我脱口而出。说这话时，我脑子里几乎只有一个词汇：汶川!

"你……去啊?"值班副主任有些犹豫了。

"我是主任，哪个还敢和我争抢吗?!"我有点"横"了。我说我都是四十二三岁的人了，这样的机会恐怕一辈子再也不会有了。

回家准备行囊时，老婆颇为担心："老唐，你不要去，你跑不过那些当兵的……"6 岁的小儿子在地震当时是我一把从五楼提下去的，吓惨了，双脚落地后才哭出声来，这时紧紧地抱住我的腿："老爸不去，老爸不去，你走了我害怕……"我灵机一动，指着电视上已被标上红颜色的"汶川"，连哄带骗："儿子，你知不知道地震是从哪里来的？就是从这里——汶川——来的！老爸进去把它惩住，免得它又跑到我们资阳来吓你！"

毕竟是小儿，居然一说就通。

老婆知道是拗不过我的，开始忙碌着为我准备这样那样。我自己亲手塞进箱包里的，则是一瓶"泸州老窖特曲"，还有一包老婆给我炒来下酒的花生。我心里就一个念头：既然是去汶川，无论杨老弟和张老哥是死是活，我都要去找他们。假如我的羌族老哥老弟不幸遇难，我就用美酒祭奠他们；如果他们逃脱了大难，就一起爬上老张哥的萝卜寨，面对羌山岷水，吞了它！

"在离天很近的地方，总有一双眼睛在守望，她有着森林绚丽的梦想，她有着大海碧波的光芒……"

是这首词曲优美、红遍大江南北的《神奇的九寨》，使我认识了杨老弟，并进而得知他竟是资阳女婿。

我在《杨国庆印象》中，记述了我们的相识和相知：

是2005年的春节期间吧，我接到文友的电话，说是有一个叫"杨国庆"的"回"资阳来了，要我这市作协主席去见见面。

"杨国庆？哪个杨国庆？怎么又是'回'资阳来了呢？"我在脑子里把资阳文学艺术圈子里的面孔一个个筛了个遍，没"搜索"到这么一个人。不过，出于对歌曲《神奇的九寨》的喜爱，记住了那词作者名叫"杨国庆"。但当时虽然有那么一闪念，却又认为这怎么可能呢？

结果竟就是那个杨国庆！

第一眼中的杨国庆，虽然穿着西装，系着领带，还戴着眼镜，但掩饰不住被强烈阳光晒得黑红黑红的皮肤和脸部那较为粗犷的线条。握住手，似乎有了点直觉，我径直问道："是不是那个杨国庆哟?"他笑着不语，递来名片。当看到名片正面的"《羌族文学》主编"时，我下意识地赶快翻看背面，果然——"《神奇的九寨》词作者"！这样的结果，已说不清是出乎意料还是在意料之中了，接着就是一阵"严重"的激动，又一次"严重"的握手，剩下的就是"严重"地"整"他的酒。

国庆是地地道道的羌族，却又是地地道道的资阳女婿，岳父岳母就住在资阳城里的桥亭子街。前些年由于远在若尔盖县中教书，近年又由于编刊工作特别繁忙，所以很少回资阳。此次回来，还是在朋友的一再邀约下，才抽出时间来会会资阳文友的。

但这羌族汉子不善酒。这外表略显粗犷的资阳女婿，性情却是那么温文尔雅。但不善酒的国庆偏偏遇到了我这资阳文坛的"酒仙"，不仅被我狠狠"收拾"，还被我发动一桌男女"围攻"。国庆就那样温文尔雅地频频站起来，温文尔雅地频频声明自己酒量的不行，但最终还是得不管一杯也好、半杯也好，温文尔雅地频频"灌"将下去。饭后，乘着酒兴，大家又陪国庆去唱歌，自然就只点那首《神奇的九寨》。歌声，笑声，掌声，似乎汇集成了一个欢乐的"九寨节"。

兴许是性情相符的缘由，我和国庆就那样成了好友。那晚我送他回他岳父岳母家，一次次将他送进去，他偏又一次次将我送出来。这高原羌族汉子温文尔雅的性情，给我留下了深刻的印象。

然而，再见国庆，我对他的性情算是有了更进一步的认识。那就是羌人骨子里沸腾的热血和奔放的豪情。

地震前不久，我领一帮文友去羌寨采风，国庆和他的同事自然倾情相陪。羌寨客做了，羌家酒喝了，姜维城游了，国庆和他的家人还非得要邀我等去漂岷江。那天的岷江，恰因涨水而浊浪翻滚、惊涛轰裂。一干人战战兢兢地爬上皮筏，战战兢兢地被抛上浪尖，又战战兢兢地被扔下谷底，浪涛打在船头轰然碎裂，一身透湿的漂流男女惊然尖叫……国庆竟也扯开喉咙狂叫不止，却又一直在嫌浪涛还不怎么样。他说，他曾在更汹涌的浪涛中漂流过，那才叫过瘾，甚至还写过一首诗。现在想来，当时他那性情的确像他诗里所写的一样："呜地，油门的鞭子打在皮筏身上/我们的人生推向了浪花之巅……前呼后拥的浪花是我们的敌人/夕阳下的岷江成了生与死的一个战场……冲啊皮筏，我们的骏马，不要胆怯……冲啊皮筏，我们的骏马，不要松懈……冲啊皮筏，我们的骏马，不要退却/排山倒海的阵势乱了，对手向四面八方逃窜……"

毕竟，国庆是诗人，是采高原之强悍，采草原之辽阔，采岷江之奔腾的羌家诗人。

集结地点就在资阳军分区。军分区政治部把我编入了抢险指挥部政工组，还给我找来了军装换上。军分区大楼前的国旗下，平生第一次穿上军装的我，挺直腰板，鼓起胸膛，面朝川西，求战若渴。

天擦黑儿时，正式的作战命令终于从四川省军区下达。

只不过，目的地并不是汶川，而是北川。

这一去，就是 21 天。

我所跟随的资阳市抗震救灾民兵抢险突击队，分乘 32 台各型车辆，浩浩荡荡星夜急驰，直赴北川。我们在擂鼓镇安营扎寨，在北川中学不分白天黑夜与死神争抢生命，在安县开展乡村大搜救，决战堰塞湖时又被调往江油，在涪江沿岸严防死守……"战栗""绞痛""泣血"等再残忍不过的词语，都曾肆无忌惮地撕碎着我们的心。

北川是羌族自治县，此次北川的不幸实际上就成了羌族同胞的灭顶之灾。一座座羌寨倒塌成了一片片废墟，一群群羌族父老乡亲被解放军指战员、武警官兵从白云生处的大山里解救出来，扶老携幼、恓恓惶惶地在路边等待政府安排的应急交通车，准备到临时集中点去避难。在本是羌族子弟成长乐园的北川中学，一栋本来五层高的教学大楼，活生生一下子陷下去了两层，活活埋葬了不少羌族子弟；而另一栋同样是五层高的教学大楼，则整体坍塌，无数羌族子弟被掩埋其中。抬出来一个，已经遇难。再抬出来一个，仍已经遇难。又抬出来一个，还是已经遇难……连续眼睁睁地看着抠出好几具遇难学生的遗体后，我跟随担架来到了临时停放遗体的地方。什么叫"触目惊心"，什么叫"惨不忍睹"，已用不着任何解释：不大的一个院坝里，一会儿就摆上了50多具男女学生的遗体！十四五岁的年纪，正在发育的身体，他们，恰恰与我的大儿子同年纪、同年级！泪眼模糊中，我咬紧牙关，鼓足勇气举起了相机，却在按动快门的那一瞬间，双膝一软，跪了下去……

　　北川的夜月，明朗中透着清冷。月光下，是破碎的羌山，破碎的羌寨。已是瓦砾的羌寨旁，就是我们的营房。辗转反侧中，我把手伸进背包，摸摸那瓶"泸州老窖特曲"，仍心心念念汶川，心心念念老张哥那白云里的村庄——萝卜寨。我从收音机里得知，萝卜寨在大地震中受损严重，村民死伤无数。

　　也就是地震前不久那次去汶川采风，杨老弟热情地向我们推荐了萝卜寨。

　　出汶川县城几公里，一条水泥路盘山而上，半山腰上云朵飘逸处就是萝卜寨。与其他羌寨相比，萝卜寨没有石头垒砌的城堡，没有矗立高耸的羌楼，整座寨子几乎全是黄泥砌成，是一座罕见的"黄泥羌寨"。走进寨子,就似走进了远古羌王的城堡。泥屋比连,曲巷通幽,有三三两两的羌人或背着背篓,或背着水桶在巷道走过。每座屋门边的墙上,都抠有一个小洞。如果主人不在家,门洞里是空的;如果主人在家,门洞里便有一块石头。噢,这是一个不设防的寨子。

虽才开始搞旅游开发,但寨子里还是办起了好多家羌家旅店。碰到一个40多岁的中年汉子,我们向他打听哪家旅店好点,他却只是笑笑地回答:"都好,都好。"边逛边打听,但不管是遇到老太婆,年轻人,还是小孩,他们都还是那样笑笑地回答:"都好,都好。"终于安顿下来后,傍晚时,我走出大院门口来眺望对面大山的缺口,却不想有人在招呼我,原来是我们最先碰到的那个中年汉子,原来他家也开有旅店,还经营着一个小卖部。我一下子就明白了他不主动把客人往自己家里带的原因:噢,羌人的仁义不光是体现在对待外来的客人,同样也时刻体现在对待身边所有的人。

汉子姓张,豪爽耿直。他倒好酒,邀我同饮,我俩谈起了羌族,谈起了萝卜寨。酒兴酣然,谈性浓烈,我俩便互称了兄弟。张老哥人缘很好,凡来小卖部买东西的男子,他都热情邀来和他新交的老弟我干一杯。我也深受感染,趁着酒胆来者不拒。到我们该吃饭时,我请主人家把我们的饭菜端到这边来,这可着实难为了张老哥,他怔愣着好像自己做了很不应该做的事,不敢看那主人家,因为我们毕竟是别人家的客。好在主人家十分理解,这才解了他的围。那晚我们喝酒,唱歌,都醉了。张老哥还向我们介绍了他的妻子和女儿,并透露了他家的一个秘密:女儿很快就要出嫁了。我们当即约定:到时一定邀请我们参加女儿的婚礼……

古老的羌族同样是中华儿女的重要起源。经过千百年的分化与融合，她一部分融入汉民族，成了汉民族重要的成员；另一部分则是经过逐步分化，成为今天十几个民族的重要源头。著名社会学家费孝通先生曾说：羌族是一个向外输血的民族，许多民族都流有羌族的血液。我和祖祖辈辈都生活在羌山深处的张老哥虽仅一面之交，仅一席之谈，但我好像从我们的投缘中得到了一丝真切的感知：说不定我身上也同样流淌着羌族的血液。

然而，豪爽的老哥，女儿的婚礼，在天崩地裂之后，都还复存在吗？

在等待堰塞湖放水的间隙，我随军分区的首长到了映秀，我们英雄的资阳陆军预备役工兵团一直战斗在那里。

踏着刚打通的道路，穿过破碎的山河，眼前的映秀已是一片瓦砾。汶川已近在咫尺，杨老弟和张老哥也似触手可及，可因前方道路上的重重阻隔，我再也没能向他们迈近一步。

那瓶"泸州老窖特曲"，我就那样一直背着。

无论是在北川，还是在映秀，抢险一线的环境之恶劣，连空气中都弥漫着死亡的气息和腐烂的臭味。我们都不得不重叠着戴上两个口罩，还在鼻孔处点上几滴风油精。在那样昼夜鏖战、肉疼心痛的急难时刻，假如能喝上两口白酒醒醒神，顺便消消毒、杀杀菌，还真不失为一件奢侈的美事。首长和战友们都知道我的背包里一直有一瓶酒，况且是一瓶芳香诱人的"泸州老窖特曲"，但就是没人动议过我把它打开，因为他们都知道我为什么那样一直背着。

21天后的2008年6月3日，我奉报社撤离灾区的命令回到了资阳。我小心翼翼地把那瓶酒从背包里取出来，恭恭敬敬地放回到酒架上，并吩咐老婆：任何人都不准动这瓶酒哈！

后来，通信恢复，我和杨老弟终于联系上了。上天保佑，他和他的家人都还安好，张老哥和他的家人也都还安好。听着他从令全国、全世界揪心的地方传来的声音，望着酒架上的那瓶酒，我泪眼婆娑。

再后来，2009 年 2 月底，我和杨老弟在四川省第七次作家代表大会上唏嘘重逢。在朋友们的见证下，我把那瓶"泸州老窖特曲"送到了他的手上。我们约好：等崭新的萝卜寨建好后，一起去找张老哥。

洱海踏波

我见到的洱海，是不太大的一湖水，碧波涟涟，浅处清可见底，深处亦可见到摇曳的水草。傍水的苍山，其实也并不很高，但顶上的积雪偏偏终年不化。洱海细碎的波浪，虽轻柔却不失热烈地亲吻着苍山；头顶着皑皑白雪的苍山，痴情地为洱海抵挡着风寒。这天神安造的一对，就这样亘古传唱着苍洱恋歌。

大理的摄影朋友老苏把我们领到码头，一个背着铺盖卷的白族汉子已在那里迎候。这是杨金栋，船长，搞摄影的。老苏介绍道。杨船长笑一笑，把我们领上了他的"茶花号"国际旅游船。在酒吧间，他指着一个白族小伙儿：他就是黎明。

在洱海上苦苦吟诗的黎明，不时出钱请人听他念诗的黎明，有时喝醉了酒就要跳海的黎明。这黎明，细高个儿，脸色黧黑，一双眼睛大而有神。相知于诗稿，相会在洱海，就这样不知结交了多少南来北往的朋友。他二话不说，立即给我们几位四川朋友斟满了啤酒，豪爽地频频碰起杯来。在洱海上哑酒谈诗，该是何等的神怡情惬，可杨船长和老苏却在一旁悄悄地给我们递眼色，我们当然心领神会。船一开，趁黎明开始打理生意，我起身来到了船头的甲板上。

迎着海风伫立船头，不用看天，不用看山，只管看水。高原明丽的阳光，照得洱海出神入化。蓝蓝的天空，蓝蓝的天空里飘浮的白云，白云下熠熠生辉的苍山，苍山上葱茏翠郁的树木，全都倒映在波光粼粼的洱海水中。游船踏波而行，嘶鸣的海鸥在四周翻飞嬉戏。从身后的大厅里传来阵阵欢歌笑语，那是游船上的白族歌舞、三道茶、摔新娘等表演开始了。船舱关不住那悠扬的歌声和游客们的阵阵喝彩，一任那热烈的气氛尽情地飘散在苍山洱海间。

老苏提着相机，也来到了船头。我们的话题，当然又离不了黎明。黎明本在教书，因酷爱诗歌，竟辞去公职，在朋友的帮助下，到洱海的船上承办了这么个酒吧。他的诗，搅拌着高原大地里的酸涩与苦痛，浸透着民族的希冀与向往，却载不走诗人的苦闷和狂躁。假如洱海是一壶苦涩的烧酒，诗人都可能把它喝个枯底朝天。一种名叫红斑狼疮的病魔，在人间东撞西窜，独独咬中了他美丽的新婚妻子！爱妻受尽折磨，日渐脱形，几欲自寻绝路。黎明强忍心中巨大的悲痛，紧紧相拥着她，同她一起顽强地与病魔拼杀。而当他一个人在船上喝醉了酒时，幽幽洱海几次都差点成了他殉情的温柔怀抱……唉，老苏一声喟叹：总算挺过来了！

每至一处景点，游船都要停泊，恭候游客游玩。在这洱海的波浪里，竟还掩藏着一个又一个美不胜收的去处。船到小普陀，安排完船上各项事宜的杨船长背起铺盖，招呼我们下了船：走，到我家去。原来，杨船长的家就在洱海边的挖色村，已无人居住。这次为了几个素昧平生的远方朋友，便把铺盖卷背回来了。待把铺盖卷放好，他又招呼我们上了一辆马车：走，去逛逛我们的白族村。这一逛，就再也没有回来，他有心备下的铺盖卷，也没派上用场。先是碰上他的一个朋友给儿子过"命名日"，在办流水席，我们被热情桓邀，奉为上宾；后又遇到他的另一个朋友，一听说我们是远方来的客人，便执意挽留，夜宿家中。第二天，恰逢白族"本祖节"，整个村子家家门前插上长香，户户门外摆起供桌，男女老幼载歌载舞，将本祖恭迎进村。我们忙前跑后拍照片，争先恐后去抬本祖，欢天喜地地暗自庆幸：这下可实实在在地做了一回白族兄弟……

可我时时想到船上的黎明。他和爱人金燕的生死之恋，撼苍山泣洱海，老苏、杨船长等朋友提起相机、舞动笔墨，用一幅幅照片、一篇篇文章向世人讲述了这个美丽而痛心的现代苍洱恋情故事。云南省电台来了，特别录制了一出广播剧《洱海风》；中央电视台《东方时空》来了，将这个故事在《生活空间》里做了深情倾诉。素不相识的朋友伸出了援手，纷纷来函来电，深切的关怀烘暖人心。武汉的一个好心人还特意委托航空公司，捎来特效药。在众多亲情的关心和呵护下，金燕的病情渐渐得到了有效控制，青春的欢乐又回到了小两口之间。老苏一句"总算挺过来了"的喟叹，不知包含了多少"不容易"啊！

在小普陀登上回程的游船，黎明说什么也要请我们去他家里做客。我们倒是很愿意走进他们的两人世界，不过私下有言在先：话到妙处，酒不至酣。黎明的家，就在洱海边。原来洱海的波涛，于他们是天天聆听，夜夜就枕。见到的金燕，虽病容犹在，但美丽、快乐。杨船长亲自下厨，给大家做了几道地道的白族菜。一落座，才发现原来是民族大聚会。除我们是汉族、杨船长和黎明是白族外，老苏是蒙古族，其父在二战时期驾机掠过洱海上空，见了神奇的洱海，战后就留了下来，而金燕竟还是回族。随着民歌一首首唱起，酒杯也就一次次举起，我们早已忘记了先前的"有言在先"。我特别留意着黎明和金燕，他们一脸的灿烂，洋溢着心底的快乐。来，干杯，为你们苍山雪化洱海干也改变不了的幸福！

赌石

终于定下心来赌一把，是因为听进了一句话："只有石头是不会说谎的。"

满城翡翠街，满街翡翠店，满店翡翠货。腾冲——瑞丽之旅，简直就是一步一翡翠。假如空手离去，那太对不起妻子了。结婚这么多年来，我一直没送她一件像样的礼物。

但是，一个店铺接一个店铺地逛，一件翡翠又一件翡翠地品，却怎么也下不了手。

是看花了眼？不是。是一件也买不起？也不是。

是怕。怕不识货，买到赝品；怕价格虚高，遭敲棒棒。

在腾冲，看起一条手镯，晶莹剔透，透得来已像玻璃。我略有的知识告诉我：这可能就是传说中的好"水种"了。可一看那标价，傻眼了：60万元！

"28万元你都可以拿走。"老板真诚得叫人感动。

我更傻眼了：即便货是真的，标价虚高竟达32万元！谁知那28万元的卖价里，还有虚高几何呢？！

我又多看了几眼一块黄色的石头，就像家乡河坝里到处都是的鹅卵石，只不过拿电筒一打，也较透。我略有的知识又告诉我：这是石头的玉化程度还远远不够。我思忖着，锯了来刻几个图章应该是可以的。

老板说这不是缅甸的翡翠玉，是当地的黄龙玉，很普通的，标价 120 元。"但是，"也许是认为我会不在乎区区 120 元，可能要开一个小张了，老板兴有所至，悄悄给我说，"你拿回你们当地去，做一个漂亮的座子，找一家店子代卖，120 万元，200 万元，就随你标了。"

　　我惊了愕了！

　　老板却还是那样真诚。"但你就不能说是黄龙玉了，要说是……是……"我伸出手掌，老板会意，用笔在我的手掌里画了三个字："芙蓉石。""有了这个标签，它就可以坐上主席台了。"

　　主席台？噢！我斜眼去瞟他那标价 60 万元的手镯，那不是高高雄踞于其他饰品之上吗？这说法还真形象。就像人开会，"标签"名头小的或光身子的，坐下面；"标签"名头大的，自然就该坐上去了。如火如荼的反腐风暴，不就是把那些虚高的"标签"给揭了吗？自己以前对那上面的人总是引颈仰望，现在不也有意无意地要去扫描、审视了吗？

　　可我一下子又意识到那样去瞟人家的"主席台"很不礼貌，迅速将刚瞟出去的目光收了回来。空着手走出那店铺时我都还觉得太对不起人家了，人家是那样的"真诚"。

　　罢。罢。到瑞丽再看看。

　　到了瑞丽，在一家重庆人开的饭馆里吃饭，我见有两个缅甸人在向客人们兜售翡翠饰品，便悄悄问店主老大爷："他们的东西，买不买得？"

　　重庆人的耿直简直没二话。老大爷毫不忌讳："快莫去买！他先给你喊几百几千，到最后见你要走了，就几块钱都要'栽'给你，会是真货好货吗?!"

　　我更惊了愕了！

在一个卖石头的摊点，摊主也说："现在缅甸那边可开采的资源越来越少了，搞假的就越来越多了，搞假的水平也越来越高了，假的比真的看上去都还'真'嘞。"

我就这样听进了他的话："赌石吧，碰碰运气。石头里面，有，就有；没得，就没得。只有石头是不会说谎的。"

好，赌石。

但是，在一赌石域逛了几圈下来，我发现石头里面也有不少名堂。有的摊主坐街月一种恶臭的药水浸泡石头，还往石头上涂抹一种黑不溜秋的"药泥"，摊主用电筒打石头给你看时，能够显示里面有"玉色"的地方，就总是糊着那样的"药泥"，让人疑心是那"药泥"的颜色给浸了进去。有的石头上明显地裸露着指甲盖那么大小的"玉色"，则更让人疑心那是人为"嵌"进去的。一摊大大小小的石头，价格也很任性，全凭摊主一张嘴喊了算，几百、几千、几万不等。

在一拐角处，有两个缅甸人正把运过来的石头交接给摊主。那些石头，一块块地还包裹着黄色的胶带纸。摊主也在开包查验，把自以为里面有"货"的石头放到摊子上去，准备喊高价。

"包着的石头，卖吗?"我问摊主。

"卖。200元一公斤。"摊主一脸乐呵呵的，"这叫'盲赌'。"

盲赌? 我一下子来兴趣了。盲赌就盲赌，虽然风险更大，但毕竟没被人搞过假。

摊主乐呵呵地教我隔着厚厚的包装纸选石头：捏。捏来捏去，我竟来了灵感：捏那种圆溜溜的，相对完整的，也就是说不是那种从大石头上砸碎下来的。

"这坨，多少钱?"我捏中了一块小圆石。

"400元。"摊主轻车熟路。

我又怕"虚高"了："够不够秤哟? 称一下称一下。"

结果 2.5 公斤。摊主非收 500 元不可。

付了钱，我把石头递给妻子。操了一大阵心，结果只胡乱给她买了一块毛石，不禁十分歉然："如果里面没有，实属我运气孬；如果有，起码是真的。"

接下来，请摊主带我们去找加工店开石头。一大家子 3 个车 15 个人浩浩荡荡地护送着那块小小的石头。

加工店快要下班了，但还是将我那块石头安到了机器上去受刑。我的石头小，开一刀 10 元。

加工店门外这里那里地丢弃着才开过的石头，里面都是死黑死黑的，有的甚至是烂的。"赌石嘛，十有八九是这样的。"老板娘的口气见惯不惊。

开石头是耗时的，可一大家人就都那样守着。除了好奇，还有担心，担心人家把石头换了。特别是几个老人，还轮流着去看护。"看紧点。你不懂人家都不懂？"

突然，作坊里响起工人的一声大叫。老板娘快步冲进去，也跟着大叫起来。一大家人也一窝蜂跟进去，傻傻地看他们叫唤。

"春带彩！春带彩！"老板娘很兴奋地恭维我，"现在这种石头几乎没有了，我们好几年都没开着了！"

我不知道啥"春带彩"。不过，那石头开出来，里面是很漂亮的紫色。

"这一刀，就值十万了。"老板娘在石头上比画着，"再开两刀，可以做三条手镯；余料还可做 7 个挂件。总价值，在我们这边，也少不了 30 万元了。"

对于他们的兴奋，我竟最先疑心里面的"虚高"，后又疑心他们是要哄抬加工费。

这时，卖石头的摊主把我悄悄拉到一边："我出高于原价 10

倍的钱回收，卖不卖？"我没表态。接着，他打了个电话后，又把我悄悄拉到一边："我的两个朋友，20倍，卖不卖？"我这才摇头：不卖。

加工费其实不贵，也并非根据石头的质量水涨船高。一条手镯50元，观音、佛像、貔貅等挂件因工艺复杂一些，300~400元一个。

可接下来的事照样挠心：加工店下班了，石头得留在店里让工人晚上加班再开两刀，他们会不会以物易物？三条手镯第二天下午才拿到手，余下的得留在店里慢慢雕刻，只有到时候快递过来，他们又会不会狸猫换太子？等等。

虽然后来证明这些担心都是多余的，但那一直的挠心又确实是实实在在的。

是什么让我如此挠心？

天，我病了？

那一笑

又见龙泉山，又见简阳。

车子停好，行囊背好，迈向酒店大厅的脚步却突然有些踟蹰，心绪也一时明明白白地一阵坠落：看来，自己于这简阳，还真是一个客了。

要知道，就在仅仅三年前，我们还同在资阳市行政区划内，无论简阳举办这样那样的文学活动，本人尽可摆出貌似主人家的架势，扬手招呼东西南北，举杯应酬三山五岳。而这次，省作协与简阳联手举办"名家看四川——再寻周克芹·走进三新简阳"文学采风活动，我分明已是只有应"邀"的份了。

呵呵，说起来还真是"遇缘"。直到三年前的 5 月 15 日，我们都还在简阳举办"资阳市小说笔会"，还把南充籍著名作家李一清邀来，请他讲创作《山杠爷》的体会哩。殊不知，就在闹热消停后的第二天，5 月 16 日，省上一纸宣告：经国务院批准，同意将资阳市代管的县级简阳市改由成都市代管。就这样，真正是一眜盹儿之间，简阳就离资阳而去了。而简阳的一"去"，和成都的一"接"，动作之神速，可谓是真正的"无缝"。最典型者，当数笔者所供职的资阳日报社常年在简阳发行的近万份《资阳日报》，16 日一早即被《成都日报》悉数取代……

事后，有尖嘴巴兄弟戏谑我：早晓得，你不召集那个啥鸡婆笔会呢？这玩笑显然开大了，似乎是我们搞个笔会就把个简阳给

"搞"丢了。

当然，实情归实情，闲扯归闲扯。

踯躅间，大厅门口迎出一张脸来，冲我就是一笑。

那是一脸再暖心不过的笑。

那是范宇。

小伙子依然笑笑地跑过来迎我，依然笑笑地走在我身边，陪我走进酒店。

我们之间，依然没有多余的寒暄，依然没有程式的握手，依然没有做作的拥抱。有他依然笑笑地走在我身边，我心里就是踏实。

其实，这小伙子也是在简阳归属成都之后，来到《简阳之声》报社的。况且，就从资阳日报社，就从我的身边。

那是好几年前的一个中午吧，我邀几个文友在九曲河边对酒当歌，有哥们儿把他书来，说是范宇，简阳人，在资阳另一家报社供职。他的文章，我浏览过一些，觉得蛮不错。还多次听简阳的文友谈起过他，说在这文字玩家越来越老态龙钟的当下，他是后起之秀中难得的一只头羊，还在读书时就在公开报刊发表了不少文字。一见其人，我就感受到他那脸上的笑意，是自心底而眼神的自然流淌；那谦恭，分明蕴含着一份自然的淡定；那言谈举止，时时又折射出良好的家庭素养和不懈的自我修为。显然，这是邻家一个蛮招人喜欢的小孩嘛！在当今对娃娃的管教越来越令当父母的焦头烂额甚至头痛欲裂的情形下，你说不定会心生妒意：如此招人喜欢的小孩，咋总是在邻家进进出出呢？说实话，当时本人心里就有这么一丝丝儿倏然闪过。何况一问，他比我的大儿子大不到两岁。于是，我当即怂恿他：干脆，到资阳日报社来!

　　果然，没多久，资阳日报社招人，小伙子笑笑地来了。

　　当记者跑稿子，是苦差。一方面，你得成天外出逛点子，老是坐在屋里，不光自己干瞪眼，编报纸的见了也眼烦，撵都要把你撵出去，出去后哪怕是草草你都得抓一把回来。另一方面，活儿喊下来了，尤其是急难险重，哪怕活儿再苦、时间再紧，你都必须按时交稿，不然，你让人家第二天的报纸开天窗不成？不过，这些，在范宇那里，小伙子似乎从来没被难倒过。他不光自己很会"觅食"，给他喊活儿时，他也总是笑笑的，"好，没问题"，也确实没成为过问题，还件件都干得不错。这样，很多急难险重的活儿，都喊给了他，他俨然已成为报社的台柱。此外，他发在《资阳日报》上的副刊稿件，常年斩获四川省报纸副刊一等奖，有的外发稿还进入了某省中小学阅读教材，甚至进入了考卷。

　　到头来，他竟提出要走！说是要回简阳去。时间当然是简阳划归成都以后，但准确地说，是他爱女渐大，眼看着就要上幼儿园了。报社老总留人心切，简直"横"了："老唐，你可算是他的师父，你不把他给我留住，你也卷铺盖走人！"

　　不过，任谁都心知肚明：已属成都的简阳，必将掀起大浪。无论是奔爱女，还是奔简阳，于他的现实和将来，均为上。

　　无可奈何花落去。看着他离去的背影，你心下唯有祝福。

　　"你回简阳以来，亲身感受到的最大区别是啥？"这显然是我最想探究的。

　　当时我们正随着名家采风团，行走在龙泉山脚下。

　　范宇稍作思忖，笑答："观念。"

　　噢——

我不由得抬头望了望那横亘在成都和简阳之间的龙泉山。以前，这简阳可是我搞新闻调查的基地市（县），我太知道这两个字的分量了。

　　见我在打望龙泉山，他也跟着望了望，别无他话。他懂我的心思。

　　游弋在这四川盆地底部的龙泉山，是号称"天府之国"的成都平原与川中丘区的分界线，是一道泾渭分明的天然屏障，三年前还是成都与简阳之间的行政屏障，更是一道观念屏障。且不说山那边人家成都个大腿长，奔的尽是国家级、世界级目标，就拿原本属于简阳后来划归成都的龙泉驿来说，还仅仅就说龙泉驿每年桃花盛开、桃果飘香的时节，人家那个天天游者如潮，那个夜夜笑语，着实撩拨得山这边猴急猴急的呐。其实，山这边的小手，何尝不想牵上山那边的大手！二十年前地级资阳市成立时，因底子太薄，经济结构不合理，社会矛盾十分突出，内部人心畏葸，外部人眼不屑，各项建设真正是举步维艰。但就是在那样的景况下，资阳瞄准的就是大成都，横下的一条心就是挥师北上：劈开龙泉山脉，杀出一条血路！这是何等悲壮。当时作为资阳扩大对外开放的桥头堡，简阳也振臂高呼：打通龙泉，对接成都，主动融入成都经济圈……可以想见，那时的龙泉山成了怎样的一座山。

　　对于龙泉山，无论资阳，还是简阳，都是博弈，一场旷日持久的博弈。这是同自己观念的博弈，更是同变观念为现实的博弈。一番坚持不懈下来，虽颇有建树，但有没有能真正躁动巨大化学反应的"神来之笔"？在哪里？会不会就是决策者们在行政区划图上的那么一划拉？我突然意识到，自己这次到简阳来，与其说是冲着采风，倒不如说就冲着那"一划拉"哩。

　　几天里，范宇陪看我在龙泉山脚下的简阳边走，边看，边寻思。他也没向我做更多介绍，因为那些扯人眼球的城镇建设、通道建设、产业推进、乡村振兴等，都明明白白地摆在那里，足以让我各人去领略那"一划拉"了。领略之下，我竟突发猜想：这"一划拉"，不仅仅激发了简阳新的发展理念吧？于成都，肯定也是同等功效吧？此前，因西缘的龙门山和东缘的龙泉山，成都不是在喟叹"两山夹一城"、发展遇瓶颈吗？而眼下，浪漫成都不是油然而生"一城两翼"的奇妙想象吗？"东进"的战略不也才迅猛推进吗……

但我还需要看到点什么。我也清楚自己还需要看到点什么——人，人的精神变化，人的内生动力的激发。就像范宇这样的有志青年，处于如此激情燃烧的时刻，他们的精神内核，得到了些什么丰富？

我特别留心到了两点。

先是"名家看四川——再寻周克芹·走进三新简阳"文学采风活动举行启动仪式时，简阳上至市委书记下至局行、镇乡主要负责人，齐普普赶来参加。这是在我所参加过的文学活动中，在任何地方都前所未见的。我把这看作一个地方的文化虚怀。有如此虚怀者，其道大也，远也。

再就是，范宇给我拿来一叠他们的报纸《简阳之声》，其中的一份通版专刊令我暗暗咂舌。那专刊报道的是"'成都东进·三新简阳'全球直播活动暨简阳市投资推介会在深圳等四城同步举行"，拉开的大标题是"共享成都'东进'机遇，共赢开放合作未来"。我细细地看了签约成果丰硕的活动主体报道，看了简阳的市委书记用英文为"三新简阳"代言，在全球直播中展现"国际范"；看了简阳的干部们在活动现场翘首引吭，唱响自己的市歌《简阳》，让全球都"在歌声里听到遇见简阳的美好"……虽不是亲临其境，但足以让你领略到：那自信自豪的简阳之声，飞越的岂止是一座龙泉山。

　　临别，范宇递给我一张白纸，说是他们报社策划的，请每位来自全国各地的采风嘉宾，为简阳留下一句"心语"。我居然不假思索，自然而然地篡用了一句古诗："春风已度龙泉山！"

　　他接过去一看，又笑了。

嘉陵江边，太极湖上的鱼眼村

从全省各地开来的一大拨作家，都围坐在村委会会议室里，聆听主持人讲述村子的前世今生。

不想，就在我的身旁，一个被邀来参会的当地村民老头儿，竟在众目睽睽之下，蜷缩在座椅上耷拉下脑袋，兀自渐入梦乡。

这是四川省广安市武胜县的一处边缘地带，嘉陵江边的太极湖上，一个正好处于"鱼眼"位置，被叫作"高峰"的村子。

千里嘉陵自秦陇深处渗出，一路裹挟风沙雨雪，一路咆哮幽壑空谷，却在一头扎入四川这武胜后，一下子变得千回百转、温婉淑静，让武胜赚得了"千里嘉陵，最美武胜"的重头彩。

特别是在东关沱处，嘉陵江似乎更加娇慵倦怠，竟恣意曼卷娇身，河道从这里绕出去，经西关沱绕出一大圈后，又绕了回来，绕出和绕回的河道几近重合，之间只距两百余米。

这圈之大，足够昔日的拉船人扒拉一整天。也就是说，拉船人早晨从东关沱出发，天黑时还得绕回到东关沱，还得住昨夜住过的歇脚店。

如此巨大的河道弯曲度，又当之无愧地为武胜摘得了"亚洲第一弯"的桂冠。

站在高峰村上，这荡气回肠的万千气象尽收眼底。

灵地必引杰人至。汉初，一个叫雍齿的什邡侯就曾在这里驻足数年。

主持人于先生，显然悉知底里，把这故事讲得绘声绘色。

因确实精彩，笔者不忍漏过。

说：高祖得了天下，遍封至亲，引发与他出生入死打江山的老哥们儿极度不满，乃至密谋反叛。

心惊肉跳之下，高祖问计于张良：咋办？

张良也不避讳：对老部将嘛，还是要做做样子。

高祖一头雾水：咋封？

张良一眨眼，直问：你最恨哪个？

高祖耿直，脱口而出：雍齿！

原来，高祖那司乡雍齿，当年随他响应陈涉起事反秦，却曾数次乘他之危反叛，每次都给他造成毁灭性的灾难。据说，项羽支起大锅，要把高祖的老父丢进去熬汤喝，这馊主意也出自雍齿。高祖恨不能杀其身烹其肉。但阴差阳错，雍齿最终随部归顺于他，还战功赫赫，他竟没了诛杀雍齿的机会。

而此时张良却说：那就封他噻！

还进一步挑明：撵远些，眼不见心不烦；再说，其他老哥们儿见你最恨的家伙都得了封赏，就会心生念想而捺下性子的。

高祖咬牙切齿，但逢事必依张良，便把雍齿封去了偏远西蜀的什邡。

这哪是封侯，分明就是流放。雍齿气得牙痒，倒也无奈自慰：我也落得个眼不见心不烦。

殊不知离京出走的雍齿，又一次阴差阳错因祸得福。后来好多老哥们儿惨遭清洗，他竟得以善终。

雍齿携一家老小出长安，沿途走走停停，很是逍遥。船至嘉陵江这西关沱处时，为如此气象所绊，他索性上岸安营筑城，数年后才西行什邡。

因雍齿筑城于汉初，南齐这里建县时，循迹索名：汉初县。

如今，汉初城遗址依稀可寻。

"二十多年前，人们在东西关筑坝蓄水，建起了电站。淹没区就成了今天的太极湖。"

于先生领着大伙从两千多年前穿越回到了眼前，可我身边那老头儿已然酣睡。

这太极图上，"阴鱼"即湖水淹没区，"阳鱼"即高峰村所在的半岛。奇巧的是，村子恰恰位于"阳鱼"的"阳眼"上。

"可是，穷啊！"

这是始料不及的了。这么好个地方。

原来，湖水淹没，移民后置，土地减少，逐渐贫困。二十多年来，村里没有一寸公路，没有一份产业，没人改造过房屋。位居宝地的"阳眼村"，似乎成了一处被时代遗忘的角落。

谈起以前的困难生活，村民代表们大倒苦水：不光穷，还脏，又乱；说不起话，抬不起头，见不得人；对不起天啊，对不起地啊，对不起先人啊。

一个村民念起了他自编的顺口溜：

帐子扯到床背后，

尿桶放在床当门。

桌子上有鸡脚印，

凳子上有猫儿粪。

灶头跑的"烧嘎子"，

锅里飞的是苍蝇。

头上顶着波丝网，

腿上爬满长脚蚊。

亲戚不来跨门槛，

姑娘尽想嫁远门。

…………

自然而然就谈起了扶贫。村民们一口一个"感谢于主任""感谢于主任",质朴的乡音满含真情,情到深处时就只差喊"于主任万岁"了。

原来,是主持人于先生领着一个团队在这里卖力扶贫。

我走访过很多扶贫点,见识过很多卓有成效的做法,可这里给我留下了特别深刻的认知。

这个团队首先大处着眼,大兴文旅,使村子有了"旅游+休闲+垂钓+康养"的大产业。大产业大带动,村里的基础设施迅速得到完善。宽阔的通村路有了,便捷的入户路有了。江边的码头恢复了,高大的汉阙立起了,村里的农家乐兴起了。

这个产业的依托,就是太极湖——水利部命名的"国家级水利风景区"。

而最厚重的一抹底色,就是雍齿那汉初城。

还有一份产业,不是异想天开的表面文章,而是脚踏实地的传统种养。村民们大面积种植蜜柑,人家纷纷抢早熟,他们偏偏搞晚熟;几乎家家户户都或养鱼养虾或养鸡养鸭,人家纷纷喂饲料,他们偏偏喂粮食。

才短短三年多时间,村子脱胎换骨,真正对得起了这片风水宝地。

一个王姓村民站了起来:"我屋头那个,是个病坨坨,住进医院好多年都没回过家了,家里穷得舀水不上灶。这下我养鱼,养鸡,还养鸭子,一年收入上十万!"

他还瞟了一眼,"我是唐老师那个组的"。

他那一瞟,顿时让我惊愕。他瞟的是我这个方向,我姓唐,我以为他在瞟我。

结果他瞟的是我身边那老头儿。那老头儿还在梦乡，已鼾声连连。

于先生笑笑地解释说，那唐老头儿是前村主任，虽因岁数到点没再任职，但后来的村干部甚至连村民都把他当"老师"。

于先生那笑，透着一种习以为常，好像知道那"唐老师"为啥总是瞌睡兮兮。

果然，他"唐老师唐老师"连喊几声，那老头儿猛然惊醒，揉着惺忪睡眼开口就抱歉：昨晚抓了一晚上的鸡，没睡成，瞌睡！

难怪不得。大伙都笑了。

他解释说，他养的鸡，全是喂谷子、苞谷的生态鸡，亲戚、朋友、熟人、熟人的熟人，都来抓。一年几批鸡，就这样抓光光。白天不好抓，只有晚上抓。

"要我说啊，于主任他们来到这里，带出了一个扬眉吐气的村两委班子！"

"唐老师"虽然在打瞌睡，但他还十分清楚今天会议的主题。

他说，以前当村干部，脸上无光，心里窝气。是于主任团队给村子找到了路子，给村民找齐了人心，给村干部找回了信心。村干部都赌了血咒，绝不落下一户贫困户，每个村干部都带了一个特困组。他虽然退下来了，但照样还带着一个组。

"我那个组就有五个特困户，个个都脱了贫！"

老头儿最提气的一句话是：现在，不管是村民还是村干部，走在大路上，都有"气质"了！

会后，我专门找这老家门摆谈摆谈。他说他的儿女都进城了，就他还在村里养鸡。他还想在村里"带"几年。

他要赶着回去喂鸡。他那干瘪、瘦削的背影，确实透着一股不一样的"气质"。

第三辑 足音

讲真话，把心交给读者

怀揣非写不可了的题材，就像鸡婆夹着一枚非下不可了的蛋，我慌不择路，懵懵懂懂一头钻进了巴金文学院。

那是 2017 年的 9 月 30 日，成都城外龙泉山脚下的巴金文学院，正舒舒服服地享受着秋日的阳光。莫言先生题写的匾额，个性显摆，分量显赫。踏进大院门槛那一刻，我是硬着头皮的。那一刻，我多少还有些责备自己：你跑到这里来干啥？你在这里能够干成个啥？大院的右侧，是巴金纪念馆，大门敞开着，巴老的塑像就在那门口坐着，我更是身心发紧。我甚至虚火进去拜谒，就那样从老爷子的眼皮子底下惶惑而过，溜进了专家楼。不过，仓促间的一瞟，让我明明白白看清了刻在塑像靠壁上的那句话，我晓得，那可是巴老耗费一生挣下的座右之铭："讲真话，把心交给读者。"

"讲真话，把心交给读者"，这多像儿时父母时常给我打着的招呼："讲真话哈，莫哄娘哄老子哈！"巴老也在给我打招呼，这声招呼，让我的心神立马安定。要晓得，这题材我已怀胎有年，却一度在写与不写之间纠结。症结就还在于要写就得真写，可真写下来又会是咋样的一个结局？幸逢四川省作协大掀"万千百十"文学扶贫书写热潮，阿来先生每每提及必是疾呼呐喊："脱贫攻坚值得大书特书！"我想我这"三农"题材，本就非闯入扶贫大戏不可，这才跟着大伙儿报了选题：长篇小说《一湖丘壑》。

省作协将之立项定为重点扶持作品，这无异于给我打了一针鸡血。可是，我身边有过心哥们儿最先并不以为然，嘴里常常蹦出"扶贫小说""命题作文""正能量"等"微词"，为我紧捏一把汗。这偏偏又像铅锤，一下又一下地砸击着我那症结。

既安之，则写之。我关闭了QQ，关闭了微信，还干脆关掉了手机。整整一个月，没讲白天黑夜，没管上顿下顿，我把把细细地调配着自己的体力和心力，一字一句地摆着自己心里真实的龙门阵。其实，我本就落草农家，承蒙改革有幸中考就一举及第，学成后又回到乡村执掌教鞭，改行进报社后，多时仍东奔西走在田间地头。我就像书中的茆寮茆眼镜儿一样，对川中这片浅丘情深意笃，对身边的父老敬畏有加，对他们的苦乐了然于胸，对他们的心思洞若观火。我也跟茆寮茆眼镜儿一样，总想实实在在地为他们做戌些啥。如是，为村里修建阿弥陀湖有我亲自参战（当然，捞死鱼也有我亲自撑船），为镇上募资修水泥路有我亲自担纲谋划，为氏族编修族谱有我亲自披挂主编，为宗支操办清明会有我亲自捧场助兴，去扶贫联系户给那些遭受了"病虫害"的贫困"小花"重"绣"金身，我更是紧跑在前。此外，我乡下老家就开发出了一股优质矿泉水，我搞新闻调研的基地县就种出了海洋一般的柠檬树，还雄霸了全国产量的百分之八十。我所行走的乡野村落，农林公司、专业合作社、家庭农场等真正似雨后春笋，新农村综合体、新村聚居点、农家别墅、星级农家乐、文化大院等确实是层出不穷。乡村水泥道上，白天你会看见坐着电动轮椅的乡野老人悠悠然东瞧西看；傍晚，有三五成群的村民沿路溜达闲步，顺道去看看晒坝里张家大娘李家大嫂扭坝坝舞……这些，用不着虚构，用不着编撰，更用不着粉饰，足金足两和盘托出即可。这些，肯定是正能量，大写特写又何妨？正能量都不写，难道专去写负能量？正的，我就是吃得再饱，还能写得负吗？

　　难，还在难度。此题材的现实性极强，焦距又太近，写作的难度还真能难死个我。历史的疙瘩，世风的污染，乡村的衰败，农民群体某些特质的集体变异，乡村人文秩序的严重倾斜，甚至道德品质的局部垮塌，等等，这些都直接指向着"三农问题"的成因内核。写不写？咋个写？这是难中之难了。不写，作家就没得勇气，没得担当，甚至没得良心。写，我就只有一个法子：讲真话，老老实实地交代其中的过筋过脉。假话连自己都日哄不过，你还日哄得过读者，日哄得过社会？只要死守着正确的价值观，那些所谓负能量的东东，自然而然也就乖乖地为正能量的书写服务了。但是，作品前半部中，建鱼塘、修水泥路、修族谱、推广柠檬，似乎显得太顺，似乎应该加大难度，把矛盾的对立面扶持到不可调和的地步，不，我所认知的像大小假老练、大小黄狗等农民，没多大干坏事的能耐，翻不起多大的浪，更左右不了事物发展的进程。我量识他们只不过是世风污染下值得同情的受害者，是社会变革中应受怜悯的淘汰品。何况在后来的曾县长舆情风波中，身担村主任"要职"的假老练，也充其量形同那根"火柴"，而真正的难点还在他后面那只划燃他这根"火柴"的手。同样，风车车、酸果果这些村组干部，底层群体的顶梁柱，似乎也应该给他们的蹦跶设置些难度，让他们大显草莽本色，也不，因为我也量识他们手长袖子短，更没得三头六臂，就像绝大多数的乡村干部一样，除非挣到了政府科学的资源配置，他们才有干得成大事的本钱，所以我连个名字都没给他们，就让他们甘当无名小卒好了。不过，在人物的关系交织、命运走向上，我是自己给自己找了些坡坡爬的。所以，脊背弯曲的驼表叔，挺立成了乡村硬邦邦的脊梁；硕果仅存的"五老七贤"么老爷，目不转睛地观照着世态炎凉，不遗余力地用德行温润着世道人心，还满心期盼着法安天下；村支部代理第一书记曾县长，看似成了普天下"第一书记"中的奇葩一枚，却总是令我动情动容，赚去了我不少的眼泪。

难，也在语言。酒席间，我常常搞一游戏：让不大了解我的哥们儿猜我以前教书是教啥科目的，还提劲：你可以猜三次。结果一般都是他们输得遭我罚酒一杯又一杯。他们哪谙我竟是教英语的，教了十二年，还教得蛮不错。问我为啥改行，我苦笑：我的思维是汉语的。这话看似玩笑，实则是大实话。确切地讲，我的思维还是川版的。我出生的这方天地，我这方先辈的遗存，使我对自己生命的意识，已是川版的。所以《一湖丘壑》这部作品我采用的是大白话，还艰难地固执着塞进了一些方言。这样的固执，其实是想把大白话舀出些味道来，特别想炖出川味来。要说我土，我就是土，我本身就是土人一个，我还梦想着自己能土得掉渣，梦想着跟京味、东北味、西北味等一较高下哩。其实好多方言都是古汉语宝贵的留续，现今能进入交通的方言，也已在字面、词义、语法等方面经过了现代汉语的淘洗。这你都"嚼"不烂，那只能说是你的事。如若有人不喜欢"嚼"，不愿意"嚼"，不屑于"嚼"，没事的，呵呵，拉倒就是。

初稿完成后，我邀请身边的一些文友，专程去到阿弥陀湖边，在村委会会议室开了一次讨伐会，还特邀了当地的村干部、村民代表列席。后来，省作协又专门为我召集了一次改稿会。两次会议的要旨竟如出一辙：好的就不说了，专门指着眼睛骂眼睛，指着鼻子骂鼻子。一片"骂"声中，我自受其益，自得其乐。因为，我讲了真话，把心交给了他们，他们也在讲真话，也把心交给了我。

故事有故乡

出了碑记，就出了资阳，就踏入了人家内江市资中县的地盘。过球溪河大桥，倒左，行十数里，却又一头扎入了一小块资阳的地盘，祥嘉。

这是资阳的一块"飞地"，四周被资中的土地紧紧包围。

我把中篇小说《一串钥匙》的故事，"放"在了这样一块"飞地"。

这不，就因读了那小说，几个老伙计，梁朝军，汪古翔，王平中，郭毅，便迫不及待地邀约而来了，还特地邀约了市方志办主任，一个如假包换的祥嘉人，李卫东。

我晓得，这可是一次人文之旅，一次故事的故乡之旅。

故事有故乡。

每当我在讲述文学故事的时候，眼神似乎退进了大脑，又从大脑腾跃而出，扶摇而上，飘在了川中这片广袤的浅丘上空，观照着这片亘古大地的万千生长。

于是，《一串钥匙》的故事，自然而然就攀附上了沱江，成渝大马路，碑记，球溪，半月山，一碗水，等等。就连"阳县""中县"，"明眼"人一看，就极易认作资阳县、资中县。独特的故事，需要独特的环境，所以，故事的"发生"地，我确实是"比照"着我们祥嘉的。我甚而有些刻意：这故事，就该发生在这样的地方。只是，像把碑记的半月山信手"拈"来一样，我把伍隍的一碗水也信手"拈"来，做了村子的名字。

不为别的，只为心中有底，故事有根。

然而，这样的文学故事，极易给人带来"故乡"之惑：祥嘉，果真像"一碗水"村子那样老模老样，那样破破烂烂，那样人去屋空，那样将遭一把抹掉吗？蛮大爷，果真还提着一串钥匙，在那里"绝对"坚守吗？等等。即使不惑，也极易心生兴趣：现实版的"一碗水"村子，到底是咋样的，到底咋样了？

不去看看，注定会成为一份念想，甚至，会成为一大遗憾。

连我自己也颇为冲动了。

祥嘉，我是去过的，二十多年前了，眼下连路都不认得了。

依稀的印象是：村民确实搭过人家资中的高压电，确实听过人家资中的广播，确实赶着人家资中的球溪场，确实差点划归资中，也就确实有过一次全民表决：结果，村民们确实坚决要留在资阳。

再，就是在那条古旧、破败的乡街上，供销社门口的街沿上吧，一个坐在那里择菜的年轻女子，衣着朴素，却出奇俊俏，那种邻家女子清清纯纯的俊俏。惊鸿一瞥，心里一咯噔：这蒿草棚里，竟还有兰香……

些许的记忆，随年辰渐行渐远。眼前，真实的祥嘉，正从水泥大道上，一步步迎来。

显然，接下来就是卫东的主场。

因了卫东，我们才得知，祥嘉的底细，厚实着哩。原来，早在明朝，这里就已涌入大量填川的先民，主体为四大姓氏。四大姓氏经友好磋商，决定给这里定名为"祥嘉"，意即"和和美美"。既然要永永远远都和和美美，就得辈辈代代都以德润心、以文化人，所以这里德教之风甚盛。就连有个村子，至今都还叫"德教"村。卫东掰着手指，数落着走出去的留洋博士，在京城、省城、市县（区）做学问、从政、经商者，一数一长串。在祥嘉小学，他指着一小块地皮，说这里以前有三间小小的寝室，而当年那三个年轻的主人，如今都已是市上的处级干部，其中，就有他本人。

卫东领着我们跑了好几个点，我们才发现：祥嘉虽地处偏远，却紧傍沱江航道、成渝公路、成渝铁路，并不闭塞；虽孤悬域外，却照样踩上了时代的步点，进村、入户已是水泥路网。有一家贫困户，单单独独地落在一处高崖下，一条长约 500 米的水泥大道，硬是溜下崖去，伸到了屋前的地坝。祥嘉场，已不再只有孤芳，而是小楼林立，花枝招展；街道整洁，店铺比连，服务设施一应俱全。

不过，那里确有一处山泉，从石缝里汩汩冒出，终年不绝。村民在下面的石头上抠了一上一下两个圆圆的水凼，脚盆大小，虽长年朝外溢水，却也长年装得满满当当，人称"脚盆水"，是村民饮用、淘洗的保障。几个老伙计听了，纷纷替我抱憾：要是动笔前来一趟，故事中那"一碗水"村子，说不定就换作"两盆水"了。

想在现实中的祥嘉寻到《一串钥匙》里"一碗水"村子的影子，是不可能的，也没那个必要。文学故事的故乡，其实并非现实的照搬，它是文人的根脉情愫，是文人的家国情怀。千万个现实的祥嘉，又在为我等孕育着更多更新的诗和远方。

毕竟，此心安处是吾乡。既是回到了"故乡"，祥嘉的茶馆是要坐一坐的，祥嘉的小酒是要咂几咂的。酒至微醺，兴许是心里还在念着那"一串钥匙"，几个老男人，居然在一长条石上，呵呵，坐成了一串……

蹚过纷乱的洪流

二十年前读到中篇小说《嗨，三轮儿》那叠初稿时，我惊诧于小职员汪古翔兄那勇敢的面对和坦诚的述说。但那时雁城的三轮车问题尚在流汤滴水，远未尘埃落定，便替他束之高阁，心念假以时日，定能豪横面世。

二十年后再次读到他这修订稿时，我失却了"回首向来萧瑟处，归去，也无风雨也无晴"的超然淡定，反而心浮气躁，坐卧不宁，甚至喉头发痒，总想言说为快。

是老汪笔尖给戳的。

是滚滚洪流给刷的。

是梅启辉们给蹚的。

…………

新中国的发展，于20世纪末迎来了两次裂爆式的"洪峰"：80年代的农村经济搞活，90年代的市场经济初建。来势之生猛，能量之劲爆，用"势如破竹""摧枯拉朽"来蔽之，一点也不为过。

手脚上长期的桎梏解除了，观念上严苛的禁锢破除了，泱泱国人"扑通！扑通"跳进市场经济的洪流，一副急不可耐、恐落人后的模样。

就连在偌大国度的川中浅丘腹地，沱江之滨小小雁城的街头巷尾，竟也响起了属于那个时代的标牌式吆喝：

"嗨，三轮儿！"

川人，大多是数轮外来移民的后裔。而雁江先民的主体，来自明末清初的"湖广填川"。那时的四川因连年战乱和天灾、瘟疫，已是"十室九空""田地荒芜""虎食人""人相食"。就连雁城的沱江河坝，白天黑夜都游荡着肆无忌惮的老虎。

"走，上四川去！"成了那个时代的主题。以两湖两广为主的十余省地的先民们，怀揣谋求生计、改变命运的强烈渴望，伤别先祖，背离桑梓，穿穷山恶水，钻崇山峻岭，攀蜀身毒道，最终闯入迢迢四川，经一代又一代的血泪打拼，硬是使四川山河再造，精神重生。

这需要多么强大的内心！

可以说，他们是那个时代的"强人"。

极富"三敢（杆）子"精神（敢想、敢干、敢为人先）的雁江人，无疑是他们正宗而又典型的传人。

到了梅启辉时代，雁江人的"强人"基因异常躁动，改变命运的渴望异常爆棚。且不说那日渐喧腾的城乡市场，如麻风长的乡镇企业，大动干戈的起楼造屋，还有，如过江之鲫的"胡总""水总"，烟火盛腾的馆堂酒肆，莺啼燕鸣的夜总会、卡拉OK……就连双桥镇梅家村梅家院子的乡下人梅启辉，也钻入哄哄雁城，蹚进滚滚洪流，玩起了被炒至天文价格的人力客运三轮车，吼出了他回应那个时代的标牌式应答：

"来了！"

我也曾久伫雁城街头，观望那人力三轮儿滚滚洪流，慨叹脚下这片焦渴的土地在这历史转型期所迸发出的强劲生机。

我也曾无数次扬手招呼"嗨，三轮儿"，享受新时代下日常生活方式的点滴变化。

我也曾试图走近那庞大的三轮儿师傅群体，但到头来也只是"近"，远不及老汪那么"进"。比如，我一高兴了，常常要求："师傅，我来骑，你来享受享受噻！"师傅竟总是笑笑地让我屡屡如愿。比如，我的一个同事，对我很好，表达的主要方式就是请我坐三轮儿。"现在生活这么好这么方便，一定要坐，一定要坐！"可他老是克扣人家下力人的车钱，该给一块的他只给五角，理由是："这是下坡路下坡路！下坡路都值一块吗?!"并迅速摸出早就预备好的五角钞理直气壮地扔过去；该给两块的他只给一块，理由竟是轻车熟路股冒充的了："前天晚上我们在街上联合检查你们乱收费，不是把你也挡下了吗，不是好得我帮你说了话你才走脱的吗，你搞忘啦你搞忘啦?!"师傅总是遭他搞得眉眼一愣一愣的，双唇一抿一抿的，最终脑壳一甩一甩的。一旁的我，会觉得很臊皮，臊得几乎无地自容。但过后也只是转念那么一想：这些三轮儿师傅，七太好说话了。

我当然也知晓此后的三轮儿大事，诸如向邻县邻省的扩张，播得死人的传闻，不断变脸的规矩，大起大落的行市……

老汪是一个有心人。

老汪用文学的形式记录下了20世纪90年代初，国人摸着石头蹚过纷乱洪流时的种种努力和种种无奈。

时代是宏大的，构成宏大时代的宏大事件是数不胜数的。然而，在小说里，再宏大的时代、再宏大的事件，也只能作为小说家宏大叙述的背景，因为小说家必须关注人，关注民众，关注人类，关注他们在时代浪潮下的生存走向和命运沉浮。

老汪做到了。他成功地为读者推送了一个时代人物形象：梅启辉。

梅启辉时而踉跄，时而摔倒，时而呛水，时而没顶，但他咬定，他发狠，他挣扎，他抗争。其身心在典型的汪式川腔川味、汪式幽默诙谐下，遭上上下下、里里外外剥了个精光，没得遮掩，没得粉饰，更没得拔高。梅启辉确实"霉"，还"霉起了冬瓜灰"。但他其实已经不是个体的他，他折射出的是一个时代的断面，一个时代断面中的你，我，他。老汪那走心的笔触，就那样戳扎在读者的心上；梅启辉艰难的脚步，就那样蹭踢着读者的神经，就那样冲刷着读者的心境。

重拾道德良知、重建社会良序，是老汪中篇小说《嗨，三轮儿》力透纸背的疾呼呐喊。

有人说，长达十年的"文化大革命"，开启的是"整人模式"，国人的公德和私德都遭到了严重破坏。此话不无道理。梅启辉的"强人"之心，只不过是想通过累死累活的劳作谋求生计，再就是想通过再投资三两部三轮儿改变一家子的生存状态。他跟那些给活鸡鸭灌肠、给猪牛肉注水、给米粮粒掺沙的不良商贩一比，高下立见；跟那些倒批条、傍老板、搞操作的官人一比，人鬼立现。

泥沙俱下，沉渣泛起。梅启辉遭二杆子痛打、小阿飞敲诈、夜总会小姐诬陷，令人垂怜；来自城里人发自骨子里的冷漠、鄙夷和曲解，令人生痛；本是保护自身安全才奋起反击却被投进拘留所，想成立公会维护群体权利却差点被划归黑社会，到外地投资却被强权无情碾压而血本无归，为绷起自己最后一点"强人"尊严却被蛮横霸道的村支书"开除"了党籍，这更是令人生哀。但当梅启辉们遭到道德和秩序的双重挤压，灵与肉不可避免地发生撕扯时，梅启辉作为一个起码的"人"，却是立住了的。

也有人说，现代文明社会，应该提倡契约精神。也就是说，人是社会的，人与社会的丝丝缕缕间，都应用律条予以强制规定供所有人强制遵循。此话也不无道理。但必须指出的是，道德和良知是律条的基础，只有当道德和良知求得了社会最大公约数，才应该上升为律条；律条不是强权的强设，是已经发现的道德和良知，如此不断地发现和充实，才能使得社会和谐，积极，向上，向善。从这一点来说，道德良序才是人类社会的终极良序形态。要做到不断推进，靠的不是未卜先知和头脑发热，靠的是人类自身无尽的探索和无穷的智力。

社会的良序，是要避免苦难；文学的价值，常常在咀嚼苦难。两者的内核，却是一个共同的取向：悲悯。

老汪在《后记》中袒露了他的创作初衷："以发展的眼光来看，当时资阳的混乱状况折射出的是从官方到民间，人们急功近利的浮躁心态及执政者行政能力不成熟的表现，也是前进的道路上绕不开的弯路，即使今天看来有些荒唐可笑，也是可以谅解的。"

是的，庆幸，其实也已成了最大的悲悯。

老汪是悲悯的。

《嗨，三轮儿》是悲悯的。

王平中：玩小小说的须眉大汉

好活歹活数十年至今，我还真能算是见了些"大人物"。

比如，身边的王兄平中。

大脑壳，大眼睛，大肚皮，大身板，加上一条大破锣嗓子（据说是当生产队长时喊社员们出工给挣破了的），组合成一个活脱脱的须眉大汉。

我们成天在一起忙碌奔波，混一口生活；还都痴迷码砌文字，玩一份情趣。

可这须眉大汉玩的，是小小说。

当年当时在北川、映秀，我曾目睹、亲手拍摄、亲笔报道过那场毁灭性的大灾大难。什么叫"山河破碎"，什么叫"人间地狱"，什么叫"哀鸿遍野"，等等，已用不着任何解释和描述，你的生命意识自然就会去体验，你那从心尖滴下的鲜血自然就会去祭奠。而在受难最为突出的中学、小学及幼儿园，你自然就会直接被痛成一截久仁的枯木，犹如一具十字架被砸掉了横杆。

在北川中学，里面一栋新建的五层教学大楼，活生生深陷下去两层，捂死不少师生。外面一栋老旧教学大楼，则整体垮塌成一堆巨大的废墟，掩埋了成百上千师生。我守在抢险现场，泪眼迷离地看着一具具遇难者遗体被抠出来，抬进小操坝，打理面容、衣着，装入尸袋，抬上卡车拖往万人坑。那些遇难学生，从年龄、个头来看，大都跟我当时正读初中的大儿子相仿，这令我更是悲怆。我举起相机，却在摁动快门那一瞬，双膝一软，跪了下去……

大灾大难，大悲大苦，大疼大恸，罄竹难书。我随资阳民兵预备役部队在重灾区连续奋战21天，发表各式报道96篇（幅），却一直没形成一篇真正的创作作品，因为我至今都还深陷于当时那种现实的苦痛，难以超拔。倒是当时并没进过重灾区的平中，一篇仅1600字的小小说《我们一起到天堂》，令我由衷折服。

平中开启的是一次亡灵之旅。年轻的爸爸牵着年幼的女儿，要去往天堂。女儿不愿意去，因为这里有她的学校，她的同学，于是，两个亡灵就有了一路凄美的对话。第一轮对话下来，天真的女儿明白了：他们已经不能再在这里生活了，要么到天堂，要么到地狱。一生做好事善事的人才能进天堂哩，天堂里肯定是花红柳绿，莺歌燕舞，祥云朵朵。关键是，天堂里也有学校，却没有地震！于是，女儿脸上露出了天真的微笑，和爸爸有说有笑地向天堂走去。第二轮对话下来，无邪的女儿终于认定了：自己有一次不小心，将同学的文具盒抹到地上，将那同学的笔也摔坏了，但自己不是有意的，不算是做了坏事，是应该进得了天堂的。而爸爸在大地震发生后，冲进垮塌的学校，救出了10个她的同学，但等爸爸终于把她救出来时，她早已没了呼吸。痛苦得一脸扭曲变形、牙腮骨咬得咯咯响的爸爸，什么也没说，决绝地返身又冲进了废墟。可这次，爸爸被突然倒塌的断墙压住了！爸爸临咽气时留下遗言：将存下的100万元钱捐出来，说是捐给什么灾后重建……女儿原谅了爸爸没有首先救她，还认定爸爸也是好人，还是英雄，也是应该进得了天堂的。可是，当女儿欢天喜地飞也似的进入天堂了，爸爸却在一只脚刚要迈进天堂门槛时，突然被黑白无常的铁链套牢了颈项，要拉他去地狱。此轮对话主要是女儿惊呼、质问、替爸爸喊冤叫屈，不想，黑白无常一句话就抄开了最后的底牌：那个学校就是爸爸承建的，这次垮塌一下子就压死了532条鲜活的小生命。故事到此，平中说，女儿的爸爸"豆大的汗珠唰唰地从他的脸上滚出来，他慢慢闭上眼睛"，台词只有一句（对黑白无常）：别说了，我跟你们走！

　　既"大事化小"，又"见微知著"，是平中作为一个小小说作家的突出特质。作家见识的是大生活，搜寻的却是生活的小裂隙。试想，一只苍蝇，假如眼中不见整个鸡蛋，好不容易叮住蛋上的裂缝了，它却可能认为只是一枚虫卵呢，从而丧失见识的本真。而"鬼事"人做、人事"鬼"判，是平中此文给看官撩开的独特视角。平日里，你尽可好坏不分，尽可人鬼兼济，但最终"鬼"也讲善恶。连"鬼"都不待见你了，可见你真该下地狱了。螺蛳壳里做道场，是平中此文所体现出的创作技法之高超。既要惜字如金，又要剧情反转；既要看官流泪，又要看官滴血，平中采取的是把女儿的天真无邪，极其残忍地撕了个粉碎。去往天堂的一路上，设了伏笔，却丝毫没走漏口风；埋了炸点，却一点儿也没显戈露营。这需要的已不是聪明，而是智慧，甚至，我仿佛还看到了平中眼镜后面藏着的一丝狡黠。

　　我和平中都是干新闻报道的，他侧重于电视编导，我侧重于文字采编。我们的行脚，都踩在经济、文化、社会管理的交叉点上。我们见证着社会的不断发展、时代的不断进步、社会管理的不断清明有序，可我们都因玩文字、玩情趣而似乎多长了一只"慧眼"。我们没走进也走不进官场混混儿的权利勾连，但在一次次茫然、惊骇、失望、痛苦后，在窥破一丝丝裂隙后，对官场毒瘤甚或毒瘤现象挞伐有加，不吐不快。

　　可不是，这大汉，又来了。《头到哪去了》写的又一个混混儿，又叫"张三"，只是还没混进监狱，还在办公室混，却混得连自己的脑壳都找不着了（全文仅 300 字）：

张三坐在桌前，觉得心里空空的。他拿起桌上的文件夹，好像里面一份文件也没有，又随手拿起一张报纸看了看，好像上面什么字也没有。

张三想不起，今天该做什么了。

张三泡了一杯茶，端起抿一口，又抿一口……他感到不对劲儿，茶水好像从颈子处喝下去的！妈的，日怪了！

张三一摸颈子，惊得从椅子上一下弹了起来：哎呀，头不见了！我的头不见了！

张三在屋里踱来踱去，寻找自己的头……

张三边找边喃喃地说：我的头呢！我的头到哪去了呢？

吱——秘书小张推开门走了进来。

张三焦急地说：小张，你看到我的头了吗？

秘书小张莫名其妙地看着张三说：县长，市政府通知你今天下午开会！

张三听了，大喜，一拍脖子说：哈！找到了，找到了！原来我的头在你肩上呀！

看看！如此混混儿，说轻点，离了单位按部就班的安排，他不知道该干什么；离了秘书熬更守夜抠破脑壳抠出来的稿子，他不知道该讲什么。说重点，他连"尸位素餐"都不配——人家占着职位不做事，吃白饭，他却连吃白饭的家伙都不知道搞哪儿去了。再说重点，他是怎样混上去的？他是如何"被"混成这样的？

还有，《羊场奇遇》则挑开了更大的一条裂隙，使看官得以窥见这样的混混儿大有人在，这样的混混儿现象层出不穷。在此文里，大汉平中美滋滋地把自己幻化成了一头膀大腰圆、风情万种的羊儿郎，不仅收获了主人家的喜爱，还收获了小母羊花儿的爱情。一天，主人家鼓大眼睛，精挑细选了包括它在内的十头帅羊羊，强行拽上车，像是要弄去杀肉，一时羊心惶惶，连它的花儿也以泪洗面了。它悲壮地领着大伙儿"咩咩""咩咩"地唱着羊歌，横下羊心慷慨赴死，却发现来到的并非杀场，而是另一主人家的羊场。原来，他们人类在大力发展养羊产业，明天胡县长等一干人要来逐场检查验收，它们是被拉来顶包凑数的！不仅拽了它们来顶包凑数，还有其他一些羊场的兄弟伙也被拽来了。不仅凑这个羊场的数，此后好几天，还被拽去一连凑了好几个羊场的数。文中的胡县长"是个胖子，迈着方步"，"脸上露出了满意的微笑"，"用手轻轻抚摸着我的头说：'这家伙真是个好种！'"虽着墨不多，但那嘴脸，对于看官来说再熟悉不过了：混混儿。

平中出生于 20 世纪 60 年代，落草苦寒农家。要在弟兄 4 人中争抢着出落成须眉大汉，肯定是难为他了。22 岁时，可能自己都还没长醒，却被乡亲们推举为生产队长，扛起几百号人口的生计。他坚持给广播站写稿，斗胆杀入县城和人合伙创办小报，随即被一贵人赏识，头天说好，第二天就去了县广播电视台上班。至此，他这根在田地里顽强生长的野红苕，才褪去满身的泥土，亮出了光鲜。他工作、创作、写书、编书等，样样得心应手，连为单位创收也是一把好手。再后来，市电视台求贤若渴，三顾茅庐，把他作为人才引流到了更高、更大的平台。他的文学作品、影视作品，在国、省、市级舞台双双蹁跹起舞。他的社会活动，也涉及国、省、市级学会、协会。哪怕是组织一个全国性的征文活动，他都可以一个人打个包场。这大汉。

但鲜有人知的是，这大汉小时候可能饿瘪过，社会发展后好东西多了又湖吃海喝过，以致现在每天都得走上几千上万步，才能控制体重和"三高"。他的脊椎曾造过他的大反，至今他的背脊里还嵌着两块钢板，粗壮的腰身上也不得不常年箍上一根宽大的皮带……啧啧，难怪，这大汉会为一个叫"李二娃"的底层农民工，写了近百篇的系列闪小说。"李二娃"打工，"李二娃"租房，"李二娃"卖艺，"李二娃"受气，"李二娃"遭误会，"李二娃"借酒浇愁，"李二娃"卖菜被城管撵得飞跑，最终练成以9秒56的成绩成为短跑冠军，打破了2009年世界田径锦标赛牙买加飞人博尔特9秒58的世界冠军纪录；"李二娃"捡到一个包，好心好意四处询问谁掉了包，却被警察当玩"掉包计"的诈骗嫌疑人带走；"李二娃"掉进了窨井，呼救声引来了各色各样的探头探脑，但就是没有一个人肯伸手拉他一把……这所有的一切，都是关乎"李二娃"的一地鸡毛。可在本看官看来，这"李二娃"身上，多多少少或隐隐约约投射着这大汉的影子，或者，"李二娃"是他一个难解的心结。有可能正是因为把那么多的心绪，拴在了"李二娃"的类人上，这大汉的创作和为人，才没至于随波逐浪、随风飘摇。

　　小说不小，本质上并无所谓啥小小说、微型小说、闪小说。在俗眼里，大是大、小是小、大非小、小非大，但在慧眼里，大非大、小非小、大亦小、小亦大。像平中大汉这样用大脑壳滤过的事，大眼睛审过的事，大肚皮装过的事，大身板扛过的事，大破锣嗓子吼出来的事，喂，看官，小得了吗？

千呼万唤老祖母

题记：35000年前的"资阳人"头骨化石，属一五旬老妪。而今的资阳人，均尊称这位远古女性为"老祖母"。

一

每每一抬头，一放眼，一回首，老祖母就站在那里。

一忽儿在东岳山，一忽儿在入城口，一忽儿在九曲河边，老祖母就那样驻足而立，手持树杖，身着兽皮，面色坚韧，眼神慈悲。

她凝望着生机勃勃的亘古大地，观照着生生不息的子子孙孙，迎送着一幕幕的日升日落，一出出的云卷云舒。

她还望着我呢。似乎我俩特亲。

我知道，我俩确实特亲。我曾双手捧起过老祖母。

我也知道，我眼中老祖母那无处不在的幻象，实则是对她老人家深情的呼唤。

二

2011年，我担纲策划、布置一个大型展览，主题为"古今资阳"。我脑海里最先冒出的，就是老祖母。

若能请她老人家来坐镇，岂不壮哉?!

一打听，老祖母化石真身，却远在北京中国历史博物馆。好在有三件复制品，一件在四川博物馆，一件在重庆博物馆，尚有一件，还就在我们资阳雁江区文管所。

既然能请来老祖母，我脑洞大开。

人文部分，我为老祖母列出的，是她"资阳人"历代优秀子孙代表，一个煌煌顶尖矩阵：东周大夫苌弘，西汉辞赋家王褒，汉代经学家董钧，西汉治水校尉王延世，宋初易学大师陈抟，宋代数学家秦九韶，近现代著名学者、诗人、书法家谢无量，革命烈士余国祯，抗日师长、革命烈士饶国华，共和国元帅、外交家、诗人陈毅，上海市市长曹荻秋，中国新诗先驱康白情，歌剧《白毛女》先行者、长诗《白毛女》作者邵子南，茅盾文学奖获得者刘心武，谐剧创始人、谐剧表演艺术家王永梭……

如此，经络清晰，血脉贯通。

实物部分，我跑遍了几个县区，把一个个档案馆抄了个底朝天，淘出了好几大箱宝贝级别的、有可能极少见过天日的古今资料。

如此，旁征博引，相得益彰。

再把当今资阳经济、社会、文化发展成就，一一精心布置妥帖，我信心满满：也只有老祖母，坐上这展览的 C 座，才当之无愧!

净心净意，我开上小车，专程去迎请老祖母。

三

区文管所的文物保管室，虽是独门，但门不止一道；每道门上的锁也不止一把。

在一屋子老模老样的文物中，有一列柜子。打开其中一个，在一透明硬塑匣内，就是老祖母的头骨化石了。与她同时代的几件打制石器，是她的"标配"。

这是一具较为完整的头骨，表面平滑圆润。但很小，小得来一只手掌都能握住。

可这是中国发现的唯一早期真人类化石，是南方人类的代表，是古人类发掘中唯一的女性，是目前已知的蜀人最早的祖先，是人类从猿到人进化序列中不可或缺的里程碑。

这是由时任中共中央西南局第一书记的邓小平，派专人将其送往北京，由世界级专家裴文中、吴汝康等教授，经过长达6年的研究，并出版专著《资阳人》而定性的。

我双手捧起老祖母。

我知道我捧着的是什么。

我平心静气，小心翼翼。

我步履缓慢，唯恐有一丁点闪失……

我将老祖母恭恭敬敬地安放在副驾座位上：老祖母，请坐好！然后缓缓动车，平稳前行。

林立的高楼，从车窗边徐徐滑过；齐整的行道树，从车窗边徐徐滑过；绵延的车水马龙，从车窗边徐徐滑过。明丽的阳光，透过车窗玻璃，热情洋溢地投射在老祖母头上，老祖母瑞光焕发，神采奕奕。

我心下怦然一动，缓缓转动方向盘，把老祖母带到了九曲河边，成渝铁路一号桥墩处。当年，1951年，就是在深挖这桥墩的基础时，于地下约八米处，老祖母化石横空出土，震惊中外。先后随之出土的，还有东方剑齿象、中国犀牛、猛犸象、马、虎、鹿、龟、鱼等动物化石和许多打制石器、一件骨锥。

车过桥墩，沿河而下，就是蓝家坡，这是九曲河和沱江交汇处的一块风水宝地。考古学家根据地质堆积层的延展和分布，认定这里是包括老祖母在内的资阳先民辈辈代代的主要聚居地。果然，2005 年，该地出土了一具汉代铜车马，还带有一个青铜驭手，又轰动了全国考古界。

行至沱江，向右，我把老祖母带上了南骏大道；再向右，上了娇子大道……我知道，我是要请老祖母好好看看，三万五千年后的资阳，是一派何等欣欣向荣的景象。

四

此后，老祖母的幻象，于我的眼里，已然无处不在。

那幻象，似乎很清晰，又似乎很模糊；老祖母似乎双唇微启，又似乎欲言却止。

我开始呼唤老祖母，千呼万唤。

我认为，因了老祖母，资阳是天经地义的蜀人原乡。蜀人原乡的文明积淀，目前老祖母自当是个起始。认准老祖母，就能厘清我们的文化脉络、文化 DNA、文化之魂，从而更好地把握当下。

我呼吁，应把我们极具代表性的历史文化遗产，用很好的载体表现出来，明朗起来，固定下来，打造成只能属于自己的符号。

我呼唤，应在某一显著位置，塑起一尊老祖母像，母仪原乡。

"资阳人"的背影呢？

因是资阳人，我少不了耗费些注意力，去窥探"资阳人"的蛛丝马迹。

但毕竟是 35000~40000 年前的事了，加之学界对"资阳人"的研究乏力，所集成的资料有限，我的好奇心远远得不到满足。

即使有一次，我担纲策划、布置一个展览"古今资阳"，破天荒地从文管所双手捧来了"资阳人"头骨化石（复制品），似乎那老祖母就已真真刻刻地立在了眼前，可我脑子里仍是一片模糊。甚至，那老祖母幻化成了一个孤独的背影，渐行渐远。

后来，我根据自家的小谱，结合全国唐氏通谱，居然准确找到了我入川始祖的老家：湖南省邵阳县长阳铺镇大坪头村。我们的氏族字辈一字不差，方言俚语大都相通，就连地里的农作物也大同小异，可谓真正的血亲了。欣喜之余，我不禁回眸凝望：湖广填川前的老川人呢？宋以前的蜀人呢？秦以前的老蜀人呢？三星堆以前的老老蜀人呢……全成了一串远去的背影。

距今三四万年的"资阳人"，那背影，已成一缕正在飘散的云烟。

直到有一天。

那天我收车回屋，上楼时，前面晃悠着一个背影。作为上下楼的邻居，我当然一瞟就晓得那是老孟——孟基林。可咋又突然那么瘦削了呢？恍然间才又觉察到：这段时间这邻居好像消失了一般，在楼道相遇几乎已成奇迹。便与他寒暄：在办啥大业务哇？他却不苟言说，一脸稳起，只用眼睛有些神秘地笑。

晚上，楼上的老孟给我发下来一个电子文件：《蜀源四万年》。点开一看，皇皇二十八万言！还真是笔大业务哩。

迫不及待地往下细看，天，我被老孟直接打晕！

一开篇，老孟就开宗明义，打出了一记记老拳。

——"资阳人"是更新世晚期人类唯一幸存者，是古蜀文明、长江文明、华夏文明、全球文明源头。

——"资阳人"即传说中的三皇之首燧人氏。

——"资阳人"在沱江河流域持续繁衍发展耕耘文明，迁徙拓展九州及全球，沱江河是人类母亲河及"蜀人原乡"。

…………

不仅于此，野心爆棚的老孟，还要掀翻此前巍巍屹立的权威史学观点。他发出了狂野的狮吼：

——四川盆地是延续人类及动植物种源的子宫和生存繁衍的诺亚方舟。

——《山海经》最初写于四川盆地舜禹时代，描述大蜀川及周边山川风物。

——三皇五帝在蜀川。

——上古五帝与古蜀五代是华夏正史刻意疏漏与被阉割后古蜀民间模糊记忆的版本差异。

——古蜀为早期先夏中央帝国雏形。

——夏商周即蜀商周。

——汉字发展源头在古蜀。

——昆仑纪文化源头在川西拓展至沱江流域。

——西方文明刻意伪造历史，虚增文明年代。

——人类文明西来说和非洲起源说是谬论。

…………

十分雷人。

十分吓人。

十分杵人。

昏晕之下，我还是清清楚楚地捏拿住了老孟。他的论调，是死死建立在"'资阳人是已发现最早的现代人'（吴汝康语）和'曾创造过世界文明的尼安德特人灭绝于第四冰期末'两个世界公认的考古学结论"之上的。

他像一只特立独行的网虫，在编织一张颠覆你认知的巨网。

为此，这只网虫桀骜地钻进了人类学、考古学、历史学、文献学、文字学、传播学，啃噬了上百部史学专著和上古典籍、上百篇学术论文、几千万字考古新发现和网络新论，爬行了上下 40000 年，一路卖力拱翻黄河文明中心说对古蜀文明的排斥性，狠命破击上古典籍、三皇五帝、古蜀文明、长江文明、黄河文明、全球四大文明单一研究的尴尬和局限性，更是无情踢爆华夏文明西来说。

经纬之间，孟虫在用信手拈来的海量材料，自圆其网。

有时你会觉得，他是在敌阵中杀进杀出的单骑赵子龙。

有时你会觉得，他是舌战群儒的铁嘴诸葛。

有时你会觉得，他是独力挡车的纤纤螳臂。

有时你会觉得，他是大战风车的堂吉诃德。

…………

掩卷而思，这《蜀源四万年》，到底是个啥呢？

身边有哥们儿说，靠近史学专著。

还有哥们儿说，是大文化散文。

我最终接受的，还是老孟自己的说法：猜想。

他说，古蜀历史猜想。且为一家之言。

他还说，如果写出了 100 个推论，只蒙对了一个，那也该有其存在价值。

这给了我一份心得：我咋就没像这样去填补我对"资阳人"背影的思维空白呢？

这给了我一点儿启示：像科幻之于科学，这"孟德巴赫"猜想对于史学研究，未必就起不到大开脑洞、摈弃陈陋的作用。哪怕是一点点。

如是，我似乎又看见了"资阳人"的背影。那可能是我独自眼目中的，不一定是大家认同的。

用泥土和上露水，捏几首小诗

年过半百，本已气定神闲、心若止水，却不想突然坐卧不宁、心潮澎湃，犹如一时聊发少年狂飙。

就因为一场人类发展进程中史无前例的、自上而下势如破竹的脱贫攻坚。

我落草农家，在山野里混成半大小子，凭考学端上铁饭碗吃上国家粮后，多时又在跑田边土埂。几十年来，中国农村发展问题，累积成我心中挥之不去的疼痛。随着脱贫攻坚轰隆轰隆地举国铺开，我猛然意识到，在整个人类社会中，无论你这国那国，无论你这当局那当局，但凡敢于招惹如此重症顽疾甚至大动干戈者，都功德无量，都应该而且必须获得点赞。并且，在有生之年，能碰上如此痛定思痛的良心大会战，自己不能失位，不能缺位。于是，我冲动难耐，伙上两个臭气相投的朋友，去到一个村上，张罗出一个水产养殖专业合作社，将一片贫瘠的田地，改造成一个风生水起的人工湖，养起鱼来。我们的善念，是村民通过田地入股能旱涝保收，同时也巴望着能通过这"风生水起"，触动村上产业和村容村貌提速改变。所以，我们满腔善意地把那人工湖命名为"阿弥陀湖"。但是，我们对于养鱼，毕竟是彻彻底底的外行，一厢情愿的艰辛劳作，换来的常常是鱼死网破。在纷繁的矛盾纠葛和屡屡的挫折失败中，我却突然开窍：咋不就此写部东西呢？于是，我以阿弥陀湖为爆点，从脱贫攻坚处切入，举几十年来的沉淀，一口气写成了长篇小说《一湖丘壑》，意在将一己残脑对"三农"问题的胡思乱想，和盘端出，一吐为快。初稿出来后，我没怕丢丑，邀约上一帮文圈哥们呢，还请来几个村干部和村民代表，就在阿弥陀湖边的村委会办公室，搞了一个土里吧唧的改稿会。我向村干部和村民代表征询的是：你看我写像了吗？后来，《一湖丘壑》得到四川省作协重点扶持，出版前专门为之召集了一次正儿八经、刀刀见血的改稿会，出版后又鼎力举荐进京，到中国作协参加了大气洋盘的研讨会，竟讨得不少好评。这在我们小地方上，引起不小震动，连阿弥陀湖似乎也给震得春心荡漾。有哥们儿捂嘴好笑：还真是日怪，鱼没养好，倒养出一部长篇小说来。还咋呼：这是一湖水的胜利！是的，那一湖善水到底是胜利了，且那胜利还在延展、浸润：就因那一湖水，湖边的土地成片流转，业主们搞起了优质品种规模种植。还有不少业主想入驻进来，可挤破了脑袋也寸土难求；村民们在湖边建起了一长排独栋别墅，戆天舒坦得令城里人眼羡莫及；村上绕湖边铺设了环湖路，在湖边建起了村民广场、篮球场、乒乓球场、观景台、露天舞台；竟然，还在那排别墅的对面山上，郁郁葱葱的果树间，高高支起四个赫赫大字："一""湖""丘""壑"。眼下，但凡翻过《一湖丘壑》的文圈哥们儿到了资阳，都想去阿弥陀湖打上一卡。只是我每次去了，对那四个大字，是想多瞟几眼，又不好意思多瞟。这不是心下得了好处却不愿卖乖，而是每每心生歉疚，总觉自己做得没那么够。

不仅如此。从不写诗的我居然时常"心潮来血"，总想吟诗一首。如此明知不可为而偏又总想为的冲动，折磨得我牙疼钻心。我又一次不怕丢丑，斗胆码字回车，居然就还成了那么几首。不过，都是写给我的帮扶户的。

要知道，我们川中丘陵地区的贫困，不是整体成片的，而是零星、分散、隐蔽的，也即"插花式"的。就像已经枯萎、凋零甚至可能已经变异的禾株，间插在庄稼地里，侵蚀着总体的收成。这样的贫困，其实是点多面广，成因复杂，穷根顽劣。要破解这样的扶贫难题，只得精准定位，因户施策，变"扫射"为"点射"，改"漫灌"为"滴灌"，即"绣花式"扶贫。我们单位每帮扶一个贫困村，我们每个员工就要具体联系一两个帮扶户，我们就成了干细作的"绣娘"。我们要像"绣娘"一样，将"病禾禾儿"一株株连根拔起，重绣金身。

我前前后后联系过五个帮扶户，有的是因老失劳，有的是因病失能，有的是因独失养，岁数大都老大不小，都是一顶一的可怜人。一次，在一帮扶户的地里，我抓起一把泥土，捏来捏去捏着耍。那时时令已交白露，泥土沾带着湿漉漉的露水。就那样捏来捏去，竟捏出丝儿莫名的感觉，继而又突然开窍：那就这样，用这和上露水的泥土，给他们每一户捏一首诗吧。

第一户，是个九十高龄的老者。我和同事们第一次到村委会去跟自己的帮扶户见面时，我一眼就瞟见了他。他戴着一顶老旧的棉帽，穿着一身老旧的棉衣，拄着一根枯黄的竹枝，个子很高，在那一群等待我们的人头里，很是突兀，很是打眼。结对名单宣布后，没想到他就是我的帮扶户。当我俩双手紧搭在一起时，他浑身都在颤抖，稀疏花白的胡须，也在料峭的寒风中颤抖。一番热切寒暄后，他领我去他家认门。跟在他的身后，我感慨连连：

慢慢，慢慢，陪你挨

挨过村委大院的喧嚣
挨过村道的车马慌慌
挨上孤寂清冷的小径

战栗的竹枝
倒腾着声声慢调

川中的丘包里，裙皱卷转
小康的普惠里，沟壑俨然
都啥时候了哟
都啥时候了哟，我才跟着你去你家
看上第一眼

那顶破棉帽也颤颤巍巍了九十岁吗
那件破棉袄也抖抖嗦嗦了九十岁吗
那双破棉鞋也拖拖沓沓了九十岁吗
笃……笃……
竹枝惆怅，岁月婆娑

你为社会养大了五个（！）儿子
我却只给你提来一袋大米
你生怕怠慢了我，在前面躬喘嘘嘘
我担心你急岔了气，在后面悄悄咪咪
唯愿慢些啊，再慢些

挨，挨过你开垦的田地
挨，挨过你种下的麦粒
挨，挨过你捱过的时光
挨吧，剩下的日子
就这样慢慢，慢慢陪你，挨了去

第二个，是个八十多岁的老者。同样是见第一面时，就抓住我的手久久不放。他个大嗓大，很是热情，很是开朗。可是，他竟还生活在他那个年代，一张口就一个劲地称呼我为"革命同志"：

"革命同志！"

革命同志！你好你好
恁老远的，你好你好
还给我提东西来，你好你好
我八十老汉臊皮啊
要入土了还得你们来扶贫啊

革命同志！我不穷
哪有吃不起饭哦，哪有穿不起衣哦
我只是脚杆痛啊
脉管炎，膝盖以下都烂完了
痛得我整夜整夜困不着啊

革命同志！我干过生产队长
我斗天，斗地，斗阶级敌人坏分子
我干劲大哦
我跳得凶哦
我是那个时候的，当权派嗒嘛

革命同志！我这皮臊大了啊
要说穷，我当权那个时候才真是穷

天天只晓得去刨那份口粮

却咋也刨不了穷根

嗐，为啥就没想到现在这些板眼喃

革命同志！你莫拈烟

我见你都抽好几根了

吮几口小酒嘛——酒才有好处哟

这么好的光景

我天天都要吮几口……

第三个，是个七十多岁的老太婆，独自一人住在乡场边的一幢老房子里。她浑身都是病痛，连数步之遥的乡场都不敢多去，总是担心去了以后走不回来。我每次去，她都只请我在屋檐下落座，堂屋的大门一直紧闭，从未打开过。我每次都忍不住仔细端详她那幢房屋，认定是建于 20 世纪，认定在当时应是乡下顶呱呱的房屋了，认定这家人以前是能干人。这样，那扇紧闭的堂屋门，引发了我无尽的胡思乱想：

紧闭的堂屋门

每次我都在猜

那扇紧闭的门后

关着的是一个世纪吧

老太婆却从没打开

破旧的房子，是二一世纪的

却是石板装的，带亮檐柱的

屋顶是小青瓦盖的
铺瓦的椽子还是木条子的
錾子洗过石头的表面
岁月的凿痕顺顺溜溜，细细密密

关着些啥唷
二十世纪的苦拼苦挣吗
二十世纪的不吃不喝吗
二十世纪的争强好胜吗
二十世纪的表面光鲜吗
抑或
二十世纪就已披着的败象吗

一身病痛的老太婆
把自己坐在门前的破藤椅
阳光在屋檐硬生生拐了个弯
落在老太婆的脚跟前
紧抿的嘴唇
似一根弯弯的铁线

　　第四个，有精神障碍、听力障碍。我上门去见面时，人家还在屋里困觉。我的不期搅扰，令他一时很是恼怒。

讲稿

蹚过瘦溪
迈过浅壑

轰轰烈烈进村入户
大米，食油，牛奶，还有等等
也气喘吁吁，汗流满面

只有讲稿
单位的头儿要求面对面宣讲的讲稿
躲在上衣的口袋
心儿忐忑
一起忐忑

有村民笑笑的：来扶贫？
随后从窗里捅进去一根竹竿
几捅几捅，捅出一个老头
睡眼惺忪，恼怒万分，咿呀狂飙
挥舞的镰刀！吓得我们拔腿就逃

村民依然笑笑的：神经病，聋子
困迷糊了
我边跑边摸胸口
心儿狂跳
讲稿狂跳

　　第五户，男主人在外打工时，意外受伤，脑子废了，成天傻
傻地笑。但他偶尔也还晓得跟着别人出去打点零工。带他出去的
人就得把他盯紧了，怕他腿脚一偏随时走散，怕他找不着回家的
路随时走丢。女主人在家里包打天下，屋里屋外忙得不可开交，
却很是开朗，总是笑嘻嘻的，无一点儿烦恼一样。

"逮个土鸡回去"

帮扶户老姐说：你看
房子改造了，还一楼一底
水泥路过来了，接上了院坝
信号线蛮实通泰
机井就在院坝边

帮扶户老姐说：等一等
我去逮个鸡，土鸡
给你屋头的大姐逮回去
你屋头也有几张嘴
你屋头也有一大堆事

帮扶户老姐说：一趟趟来
你都没打空手
我晓得是你自己花的钱
不就是他们还要来验收那个啥子指标吗
放心放心，我会一口应承

帮扶户老姐说：莫讲礼嘛
就把老姐当门穷亲嘛
莫嫌弃嘛，土是土点
就把老姐当老姐嘛
你莫跑嘛你莫跑嘛，嗨，你莫跑嘛——

诚然，为贫困户重绣金身的真正"绣娘"，其实是更科学的社会打理规则，是更合理的社会资源配置，是更强力的社会要素保障。但像我们这样的"绣娘"，作用也不可小觑。毕竟，社会需要和善，穷人需要关爱，人心需要按摩。我这"绣娘"，同我用泥土和上露水捏出的几首小诗，多多少少也能起到一些按摩作用吧？

这叫自信

我把"蜀人原乡作家群书系"这套书稿，叫作一种自信。

生长于"蜀人原乡"的文化自信。

是对"蜀人原乡"的自信。

35000 年前的智人——"资阳人"，是这一自信的本真源头。

一出土即震惊中外的"资阳人"，其人类学重大意义无可厚非：地质年代属更新世晚期较早阶段，距今 35000 年以上，为早期新人类型，比欧洲克罗马农人和北京山顶洞人更原始，是中国迄今最早的新人化石。人类从猿到人的进化序列，得到进一步证实；人类向新人发展的演进中，竖起一块重要的里程碑。

"资阳人"作为蜀人的始祖，资阳作为蜀人的原乡，天经地义。

只不过，由于当年直接关心此次重大考古事件的邓公小平（还有郭公沫若、裴公文中、张公圣奘等政要和名流），命运起波折，对于"资阳人"的研究也就"因人废事"，中断了，还起了一些微词。特别是到了互联网时代，"孤证说""漂流说"等更是尘嚣甚上。但发布这些"高见"者，没一个人类学家、考古学家，都是些一知半解、拿起半截就开跑的外行，甚至别有用心、恶意歪曲者也有人在。有网友打胡乱说，那纯粹出于恶搞和无知。

审视自身，一段时期以来，我们对于"蜀人原乡"，也就被搞得缺失了些许自觉，缺失了些许认知，缺失了些许定力，甚或，缺失了些许自信。

历史，终究显现其本来面目。纠缠于"资阳人"半个多世纪的非议和蒙蔽，毕竟是过眼云烟。

如今，喜见这自信强势回归。

是对"蜀人原乡"文化的自信。

"蜀人原乡"文化是这片土地上的生长，多姿多彩；"资阳人"文化是这片生长的灵魂，独具特质。

"资阳人"文化的特质为"碧血丹心，大道直行"。巅峰阵容为自东周大夫苌弘伊始约古今资阳仁人志士：西汉辞赋家王褒，汉代经学家董钧，西汉治水校尉王延世，宋初易学大师陈抟，宋代数学家秦九韶，近现代著名学者、诗人、书法家谢无量，革命烈士余国祯，抗日师长、革命烈士饶国华，共和国元帅、外交家、诗人陈毅，上海市市长曹荻秋，中国新诗先驱康白情，歌剧《白毛女》先行者、长诗《白毛女》作者邵子南，茅盾文学奖获得者刘心武，谐剧创始人、谐剧表演艺术家王永梭……

苌弘是"资阳人"文化和资阳人文精神有据可考的源头和标杆，蜀中进入先秦正史的唯他一人。成语"碧血丹心"和典故孔子"访弘问乐"都源于他。之后的历代资阳志士贤达，精神特质均与其一脉相承。

苌弘，约公元前 580 年—前 492 年。资阳市雁江区忠义镇苌弘村高岩山人。早年测知木星 12 年围绕太阳公转一周，创造出岁星纪年法，发展了南派天文学，使巴蜀文化长足进步。他早年以观测天象、推演历法、占卜凶吉，对周王室的出行起居、祭礼战事等事先预测，对自然变迁、天象变化进行预报和解释，所以司马迁将其作为天文学家写入《史记》；中年后放弃异端邪术，以聪明才智辅佐周王朝，官至内史大夫。苌弘为王室效力达五十年，然其耿耿忠心和卓越功勋最终换来的是被周人剖腹掏肠，壮烈殉国。传说死后三年，其心化为红玉，其血化为碧玉，故有"苌弘化碧""碧血丹心"之说，以喻忠诚正义。

公元前 518 年，孔子自曲阜西行至洛邑，向老子请教礼制，还特意去拜访苌弘，向其请教乐理，并具体请教到了韶乐与武乐的异同。苌弘博学施教，孔子十分诚服，并于次年前往齐国聆听了韶乐的演奏，乐得手舞足蹈，如醉如痴，"三月不知肉味"。孔子与苌弘的会晤，史称"访弘问乐"。其六艺（礼、乐、书、诗、易、春秋）中"乐以发和"思想即源于苌弘的乐学理论。但遗著《苌弘》15 篇，惜已无存，其言论散见《左传》《国语》《孔丛子》《吕氏春秋》《淮南子》等。

战国时代雁江区天台山即有苌弘祠，宋朝尊称苌大夫祠，明朝改名赞圣祠，清初建苌弘故里坊，清中叶竖三贤（苌弘、王褒、董钧）故里坊，晚清立三贤祠，清末民初设访弘乡，后又有了忠义镇，现高岩山下孔子溪老鸦滩苌弘桥畔恢复苌弘祠，资阳城南塑起了"孔子访苌弘"。

川剧"资阳河"文化，精髓为"有容乃大"，要义为"大川大河大流派"。阵容：戏班为雁江金玉班，雁江大名班，春华班；名角为雁江大名班名丑乐春，雁江著名鼓师、"戏中教授"魏辅周，雁江小生蔡三品，后来的表演艺术家张德成、阳友鹤、陈书舫，还有"巴蜀鬼才"魏明伦，"巴蜀笑星"刘德一，等等；剧目为《金印》《琵琶》《班超》和"五泡""四柱""江湖十八本"，和后来的《易胆大》《巴山秀才》等。

川剧虽已没落，但曾经极其辉煌，而以"资阳河"流派为最。"资阳河"流派起源于资阳，始于资阳城隍庙戏，自 1537 年至1949年数百年间，各地戏班群集，长年累月倾力角逐，逐渐形成高腔帮、打、唱特点，名班迭出，名剧繁多，名角更是灿若星河。毫不夸张，那些时候的资阳，是同一个河道的川剧的大竞技场、大演艺场，不逊于当今央视的春节联欢晚会。

以"中国民间艺术（石刻艺术）之乡"安岳和"上承云冈下启大足"的安岳石刻为主要载体的石刻文化，被誉为一部珍稀的天才宗教艺术杰作，中国石窟艺术走向成熟时代的唯一代表，中国石窟艺术形象化的百科全书，一座中国宗教史上的全民崇教丰碑，是研究中国儒道思想与民间宗教信仰的多元化传世标本，做出了助推中国佛教密宗地域化的历史贡献。

安岳石刻，是安岳县境内全部摩崖造像及圆雕、塔雕、壁雕之总称。全县现有摩崖（少量圆雕）石刻点230处，摩崖造像近3万尊。中国著名美学家王朝闻评价道："安岳石刻，古、多、精、美。"安岳石刻始刻于521年（南朝梁武帝普通二年），鼎盛于8世纪初至12世纪初的400年间，延至明、清、民国，已逾1400余年。

21世纪是安岳石刻重焕光彩的新起点。特别是2000年，在安岳县委、县政府的重视下，成立了安岳县旅游局"石刻艺术公司"。当代的石刻艺人吸取古代石刻精华，大胆创新，创作出了一批具有思想性、艺术性、观赏性、价值性较强的作品。著名石刻艺人石永恩等人雕刻的《紫竹观音》，被誉为全国50家特色旅游产品之一。安岳石刻作品流传于全国各地，如大庆油田的《石狮》，成都文殊院的《五百罗汉像》（线刻）、《石狮》百余尊、《花卉、飞禽走兽浮雕》200多平方米，资中孔庙的《孔夫子》，乐至的《陈毅元帅石雕》，以及峨眉山、青城山、新都、达州、万州等地的寺庙佛像和园林雕塑等。

2000年9月，安岳被文化部命名为"中国民间艺术（石刻艺术）之乡"。目前，安岳石刻已被列入中国申报世界文化遗产备选名单。

此外，从茹毛饮血到刀耕火种，从犁牛打耙到现代农业的农耕文化；从汉代铜车马到中国四川现代，从三线建设到和谐号、世界上最大马力现代机车的车城文化；以川中净土乐至报国寺、木棉袈裟雁江莲台寺为主要载体的宗教文化；以驿站、码头、挑夫为主要载体的成渝古道文化；以临江寺豆瓣（明朝）、两节山小酒、飘香中和醋、中天酿造业为主要载体的酿造文化；以雁江"长寿之乡"为主要载体的长寿文化；以抗日斗争、解放战争、抗美援朝战争、自卫反击战争中的仁人志士、革命英烈和安岳"革命老区"为主要载体的革命文化；以"中国一绝"安岳竹编为主要载体的竹编文化；以城乡一体化、新农村建设为主要载体的毗河乡村旅游文化……蜀人原乡文化源远流长，枝繁叶茂。

这是对一个文化群体的自信。

资阳，尧为资国地，夏属梁州，周入雍州为蜀国地，秦灭蜀建郡为蜀郡地，汉武帝建元六年（前135年）在此置资中县，北周武成二年（560年）改置资阳县。此后，数度废县，皆因战乱。现所能见到的人口资料，如宋淳祐三年（1243年）三月，蒙兵复陷资州，资阳人口十丧七八，县遂荒芜；元至元八年（1271年），资阳一带时为宋据，时为元占，残民几尽。明初，移民实川，至成化元年（1465年），资阳3乡划入318户、7632人，明末又大量死于兵燹……

足可想见历代资阳人的多灾多难，亦足可感触历代资阳人的坚忍顽强。

现今的资阳人，主体已是明清时期移民的后代，除汉族为主之外，还散居着回、满、朝、蒙等43个少数民族。最先的土著先民，或已远避他乡，或已同化他族，或已消亡殆尽，但历代资阳人以这方水土为根，以这方水土为傲，延续着一个又一个传奇和辉煌。

这其实就是人文精神的力量。

资阳人不断地牺牲着自己，不断地接纳着世界，所凝结的人文精神饱含生生不息、坚韧笃定，兼纳并蓄、睿智贤达。所呈现出的文化现象，就像一件"百衲衣"，看似无主打色彩却缤纷斑斓，无凸出主题却恣意多元，无固守中心却辐射无边，无圈定边缘却张力无限。

这"蜀人原乡作家群书系"，也是对一个文化群体的自信，是对"蜀人原乡"这片土地上默默书写者群体的自信。此套书稿所集结的，虽已是21世纪当下十余年的散碎，但于资阳文学的面目，或可窥见一斑。积基石以筑通衢，积跬步以至千里，毋庸置疑，他们在呕心沥血地书写着"蜀人原乡"，书写着"蜀人原乡"这片土地上的生长；他们是资阳人文精神的传承者，是资阳文化"百衲衣"的续织者。

当然，要造就对于"蜀人原乡"文化的大自觉、大自信，这绝不是区区一套书稿所能独揽其功的。

"鬼才"魏明伦"摸"进资阳城

顶着风霜雨雪，拄着龙头拐杖，趁着昏暗夜色，"鬼才"魏明伦"摸"进了资阳城。

早就有幸欣赏过先生的剧作《易胆大》《变脸》《巴山秀才》，特别钟情的《巴山秀才》还十分了得，一亮相就被国家文化部封为"中国名剧"。我当即就以为，先生的"突然"崛起，恰逢其时地为偃旗息鼓的中国传统戏剧，打了一剂立竿见影的强心针。因他是从川剧"资阳河"流派摸爬滚打出来的，也就使曾经火红滚烫、后来干涸衰颓的"资阳河"，一时得以春风再度、杨柳青青。后又翻过他蜚声海内外的《巴山鬼话》《鬼话与夜谈》等散文杂文集，知道了他虽童年失学，却从小被梨园始祖"太子菩萨"摸了"脑壳"，7 岁学戏，9 岁登场，台上扮演生净末丑，台下自修诗词歌赋，逐渐脱下剧装，爱上秃笔，由"三尺戏子"转为"一介书生"。我就又以为，"鬼头鬼脑""鬼话连篇"的先生，实为既雄奇险绝又钟灵毓秀的巴山蜀水，所养育出的一枚翘楚，确实是一个没有白活的人，一个值得研究的"鬼"。

可惜就那次才得以一见。况且至今也只那一见。

我查了一下采访笔记，那已是 2008 年的 1 月 21 日夜，第二天游览一番后又与资阳文艺界人士座谈交流。先生时为中国戏剧家协会副主席、四川省文联副主席。新年伊始就莅临资阳，受的是资阳市委宣传部、市文联和喜悦房产（**江南半岛**）之邀，来为资阳文艺发展"号脉"。

最初的一眼，往往是最实在、准确的一眼。眼前这个传说中神神道道的"鬼"，却是一个端端庄庄的人。敦实的身板，硕大的脑袋，宽阔的脸堂上架着一副眼镜，浓密的头发似从大脑袋里喷涌而出的才情，炯逼的眼神透射出敏捷的思维，一张大嘴里长满利齿，吐出的是风趣、幽默、激情、率直和智慧。说，可能说了也白说，但不说白不说，何况是你请我来说。先生大嘴一张，敞开说起了资阳。

"过去我还没'认真'到过资阳。"先生说，很多年以前他曾进过一趟资阳城，是到一条老街里面去帮人拿一样东西，早已没有印象了。不过，这次来资阳，还算是他近 4 个月来"真正"第一次出行。

原来，4 个月前，先生受邀到北京与众多名儒大家过中秋，却"马失前蹄"，跌了一交，竟摔成骨折，从此只好在家静养。其间，北京举行迎奥运年活动，先生又受邀，到北京地安门去敲钟，并当场急就一篇东西，供著名演员鲍国安现场朗诵。"不过，"先生风趣地说，"那是坐在椅子上给抬去的！还算不上是'真正'出行。"

先生这次"真正"出行来到资阳，"真正"见识了一下资阳。先生虽长期在自贡川剧团工作，但本是内江人，知道资阳 1998 年才从母体内江市分离出来另立门户设立地区，2000 年才成立资阳市，是全省地级市中最小的"兄弟"。他边走边看，边看边听，嘴里冒出来最多的，不知是安慰还是感慨："资阳，年轻有年轻的好处。"

先生认为资阳的历史人文"大有可挖"。

"资阳的品牌，就在'资阳人'！"先生快言快语，"它不但仅次于'北京人'，更是全世界独一无二的。资阳就应像搞'孔子访苌弘'雕塑一样，把以苌弘、王褒、董钧等一系列历史文化名人为代表的'资阳人'，用很好的载体表现出来，明朗起来，固定下来，打造成只能属于自己的符号。"他还笑谈道，听说因为历史上地域划分的缘故，有的地方一直在与资阳争夺苌弘，但他第一次"真正"来资阳，不仅听到的是苌弘，而且亲眼见到了苌弘就在资阳坐着，孔子毕恭毕敬地在他老师苌弘面前站着，就深信苌弘非资阳莫属了。

"除了'资阳人'，川剧'资阳河'流派，同样是资阳独一无二的品牌。"这位从"资阳河"里爬出来的戏剧大师，对"资阳河"推崇备至。"'资阳河'流派上起资阳，下至内江、自贡、重庆，影响极为广泛，是川剧四大流派之一。正因为起源于资阳，所以谁也不可能把它改成'内江河''自贡河'等，这是历史给予资阳的馈赠。"同样，先生认为也应采用造型艺术、视觉艺术等形式将这一历史符号记录下来，打造出来，比如类似群雕一类的东西。

"但是，"先生话锋一转，"我们说打造川剧'资阳河'流派历史符号，并不是要我们资阳非得去发展川剧不可，正如我们打造苌弘符号并不是要发展苌弘的音乐是一个道理。因为戏剧的发展需要一定的机遇，而眼下中国的整个舞台剧艺术都已进入了边缘化时代。"

此外，先生认为，简阳就是应该打造《许茂和他的女儿们》符号（那时简阳还归资阳管辖），安岳就是应该打造以紫竹观音为代表的石刻符号，乐至就是应该打造陈毅符号。"作为一个地方，共性的艺术要发展，但人文符号只能打造属于自己的。"

先生的一番话，很对我的胃口。我是资阳土著，工作和生活从没离开过资阳。对于资阳如何去打造属于自己的文化符号，我当是再清楚不过了。我以为那一直都是一番折腾，弄得有时十分气人。比如，有一个市级领导，本身还罩着一定的学历和学识光环，却也在大庭广众之下信口雌黄：没必要在苌弘、王褒、董钧等身上枉费工夫了，他们在中国历史上的地位并不咋样，官职最高者，顶多算个正部级……我的天，如果你真要去听这样的"文化观"，非把你肚皮气爆不可。所以，对于魏明伦先生的直言，我回应的巴巴掌，是最热烈的一个。

"资阳，要出真人才！"看来，先生虽身披"鬼才"，骨子里却唯有较真。

"不能去搞'一夜成名'之类的名堂。"在与资阳文艺界人士座谈时，先生用他惯常的犀利之语诚恳告诫。"一个人成才，少不了悟性、勤奋、机遇，是一个厚积薄发的过程。而眼下有的人为追求一夜成名，淡化悟性，不讲勤奋，专攻机遇。'一夜成名'在生活中，类似'一夜情''抢人''绑票'，等等，是'投机'。在艺术上投机，是出不了真人才的。"

为鼓励资阳出真人才，先生现身说法。他说，世人只知道他很"鬼"，却不知道他的"苦"。在中国所有作家中，他的文凭是最低的，因只读过三年小学，连一张小学文凭都拿不出来。成名之前，他没遇到过一个称得上"作家"的人。他40岁才出过川，50岁才出过国。但在中国所有作家中，他是唯一集三种"童子功"于一身的：9岁登场唱戏，练就"唱戏童子功"，所以唱念做打、生净末五样样得心应手；自学戏起就习文，练就"习文童子功"，因此对中国古典文学吃得较透；自9岁起，就被打为"右派"，练就"右派童子功"，并从此经历所有运动，成为年纪最小但资格最老的"运动员"。三种"功夫"同时"精进"，加上悟性好，对所学东西能吸收、能驾驭；又勤奋，即使眼下骨折了，都还在坚持创作《岳阳楼新记》《交子赋》《奥运年赋》等；更重要的是遇到了党的十一届三中全会后思想解放、文艺复兴的好机遇，多年的积累就喷薄而出了。谈到自己的创作，先生很坦率："我是苦吟派，作品不求多，但求精。因为只有审美功能、教化功能、娱乐功能三者具备的东西，才称得上是文学作品。"

对于本土文艺创作，先生提醒：不要把"越是民族的就是世界的"绝对化。中国以前长期闭关锁埠，不与世界接轨，共有的认同点都缺少，还谈什么越是民族的就是世界的？但是，可以这么说：形式上越是民族的就是世界的，内容上就不一定了。至于写什么，先生直言："写自己熟悉的生活。比如，我的《易胆大》《巴山秀才》等，都有我自己的影子。"他还戏谑道："假如叫我去写军队生活，恐怕打死都写不出来……"

此文落笔时，已是 2023 年 8 月 11 日。算来，老先生已是八十有二了。真希望他能再次拄杖资阳，看看他当年的"不说白不说"，是否真的是"说了也白说"。

师父姜公醉

能够有幸尊称他为"师父",已是很多年后的事了。

20世纪80年代,中后期吧,那时我还在一所乡区中学任教。在资阳城里的一处书法橱窗内,我见到了一幅署名叫"姜公醉"的作品,当即不禁为之怦然心动。

那明明是一幅隶书,可分明又没有严格按照隶书的科律行事。字形似秦非秦、似汉非汉,篆意未完全褪尽,象形仍偶可捕捉;结字打破扁平,力違工整,尽藏精巧;笔画虽以圆润为主,却平添枯涩朽拙,没有蚕头,不见燕尾……啧啧,他怎么就会想到这样写呢?

我虽学习和教授的是英语,但自幼因受毛笔字的影响,一直没间断过操练,就连备英语课也使过毛笔。可我渐渐发现,柳公权、乙瑛碑等帖子上的字,都是刀刻斧凿,见不着起笔、行笔、收笔,至多学个形似。形再似,也至多成个公权次郎、乙瑛第二,此等好手,就连在众多的少儿书法培训班中,也比比皆是。何不既持传统,又随我心性呢?我开始注意身边人的字。我借阅过一个教语文的老先生的备课本,研习他的字在老一辈的基础上有何自我发挥;还借阅过一个教化学的年轻教师的备课本,研习他的字在"鬼画桃符"中有无神迹可循。结果是黯然神伤:字和书法,毕竟不是一回事。

直到得见公醉先生的书法。当时给我的强烈感觉就是：对路。

20 世纪 90 年代中期，我转行进了资阳报社（**那时资阳还是个县级市**）。

这差不多十年间，我留心到了公醉先生更多的书法作品，乃至于远远见了字，还用不着看署名，就能一眼判定是他的字。那既持传统又随心性的风格，令我佩服至极。我还打听过其人，说是资阳糖厂的一个宣传干部，爱死了弄字、雕刻，还画画、写诗，志趣搞得风生水起，日子过得稀里糊涂，云云。

一天，一个略显文弱的小伙子来投稿，是两幅摄影作品。我见题材讲究，构图讲究，光影讲究，是很有想法的东西，便答应留用。有同事冲着那匆匆离去的背影嘀咕，那是姜公醉的儿子姜商波哒嘛，我慌忙抬起头去追寻，却已不见人影，心中竟怅然若失。

我和商波就这样成了朋友、兄弟。之间的"媒介"，自然当是我素未谋面的公醉先生。

原来，公醉先生自幼受家学影响，走的是一条诗、书、画、印的艺术道路，作品坚持自撰、自书、自刻、自拓，《无形的丰碑》《鲁迅诗碑》《毛泽东诗词》《离骚》等作品碑铭就这样蜚声海内外。然公醉先生毕竟日子过得艰难，仅创作所需石料、砖块都很成问题。为表达全国人民缅怀周总理的共同心愿，他以 1976 年清明节发生在北京天安门广场震惊中外的"天安门事件"为题材，创作了 6084 字的自撰散文诗报告文学《无形的丰碑》。因总理享年 78 岁，他遂用 78 面石板，每面石板书写、镌刻 78 个字，字体为楷书，夜以继日呕心沥血三年才成。公安部原部长于桑专赴资阳，亲临其舍欣赏《无形的丰碑》铭文原石。国防部部长张爱萍看了《无形的丰碑》拓本后，兴笔题词"醉入碑魂"。但有谁知道，就那 78 块石板，都还好得一个朋友从微薄的工资中资助了他 6 元，才得以搬回家来……

在商波的口中，他老爸总是那样蹭便车出去搬石块，在院子里堆石块，在楼下打磨石块，楼上楼下搬运石块，在房间里叮叮当当敲打石块，累得汗流浃背，忙得不亦乐乎。

商波承接了老爸的艺术基因，已是当时最年轻的省摄协会员，后来很快加入了中国摄协。但他不可能承接到什么物质财富，自己搞了个摄影门店，因投入资金不足，摄影机、服装等行头十分可怜，生意惨淡。他找到我，哥，想点办法哇？我当时工资低，没积蓄，但好在父母给了我一间门面，就毫不犹豫地把产权证本本给了他：拿去贷款吧。后来，他走南闯北拍了一组实景人体艺术片，想在成都搞一个大型个展，但制作和场租需几大万，他又找到我，哥，想点办法哇？好在当时我已积了几万购房款，便一分不少地又资助给了他：力争把本钱收回来哈。再后来，因生活发生变故，三计无着，他还是找到我，哥，想点办法哇？当时我刚买房，手头空虚，但仍马上贷款、借钱，凑了几十万助他另起炉灶又开起了影楼：把本钱挣回来后，影楼就是你的了哈。有哥们儿见我如此冒险，替我捏着一把汗：整稳当点哦！我默然，心想毕怎么人家毕竟是姜公醉的儿子嘛，这兄弟，我认了。果然，商波历经千难万险，最终还清了所有债务。

而在此期间，公醉先生因艺术成就突出，被作为杰出人才引进了内江（地级市），后又被引进了重庆（直辖市）。再后来，退休后居然去了首都，成了一个老北漂。

真正正式接触公醉先生，还是商波在成都搞人体艺术摄影个展时。装框、布展，一切都得商波自己动手，我和妻子撇下刚会走路的小儿子，上去帮忙。不想，公醉先生也来了。

公醉先生十分文弱，仿佛一看就一个平常老头。唯一的特点就是所戴的那副眼镜，镜片上一圈套一圈的。他很和善，但言语不多，你不找他说话，几乎无语。他干活十分认真、仔细，挂照片时，先端一个凳子，爬上去把照片挂好，跳下来退得远远的，细心观察挂正没有，稍不如意又爬上凳子去做调整。如此反复，如此虔诚。出自他笔下的那一个个字，那一笔一画，就是在如此的反复和虔诚中锻造出来的吧？

本来商波打算请成都的一位文化名人写篇前言，顺便剪彩，可找人一打听，不想那名人才被央视找去做过节目，身价暴涨，要十万，商波犯了难。这时公醉先生郑重提出：艺术这路，还得自己一步一步地走。他当即决定：前言就用俊高那篇短文《醉写姜商波》，剪彩就由商波自己和模特动手，这样更有意义。这一下子给了大家底气，其结果是影展照样空前成功。

一来二去，我和商波在公醉先生的眼里，俨然成了亲弟兄。逢年过节，他总是给我打来电话或发来短信关心、问候。我没敢向他求过字，他却主动给我写了几幅，令我感叹不已。一日酒后，我斗胆向商波打听：你老爸收过徒弟没有？商波盯着我的眼睛说没收过，但他一定是盯出了我的心思。不久，商波打来电话：拜老爸为师的事，成了！我兴奋得一下子头都大了。

我知道，真正说来，要拜公醉先生为师，我尚不配。毕竟他是艺术大家，作品已在中国大陆、中国香港、中国澳门、中国台湾、新加坡、日本、韩国、匈牙利、泰国、美国等地展出，并为毛主席纪念堂、韶山毛泽东同志纪念馆、周恩来纪念馆、西泠印社、诗刊社等百余家单位收藏，还被特邀为一干党和国家领导人，以及丹麦、瑞典、芬兰北欧三国驻华大使治印。但我总觉不管是写字还是为人，我们都很对路。我是由衷地敬佩他。

这师父，我拜定了。

往事 1996——
周巍峙在资阳缅怀战友邵子南

偶翻旧作，一篇我为《文化月刊》撰写的《周巍峙的资阳情》，不禁勾起往事如潮。

那是 1996 年 12 月 29 日晚 8 时，中国文联主席周巍峙风尘仆仆赶到资阳。

他此行的目的，是缅怀老战友邵子南。

1996 年，邵子南 80 周年诞辰，却已被白血病夺去宝贵生命41 年。资阳人民为了缅怀他，准备召开一个隆重的纪念大会，并设立"邵子南文艺奖"。周老受请即行。

当时，他刚刚参加了全国第六次文代会并当选为主席，又病了三天，还因当天的飞机推迟起飞而被耽搁了数小时。但他仍是顶风逆寒，匆匆赶来。

"虽已 80 高龄，但稳健的步履，敏捷的思维，清晰的谈吐，旺盛的精力，依然透射出使他闻名国内外的《中国人民志愿军战歌》中的铮铮风骨。"这是我作为一个记者对他的第一印象。

一踏上养育老战友的这片热土，周老按捺不住内心的激动。当即，在时任省文联党组书记钱来忠、资阳市委书记（**当时资阳还是县级市**）肖刚勇的陪同下，直奔市政府招待所，去看望先期抵达的邵子南之妻宋铮及其女儿董胜焰。他紧紧握着宋老太的手："我非常高兴！我决心要来！今天，我终于来了！"

"邵子南一生忠于党、忠于人民，是一个革命的文学家、文艺理论家、艺术教育家、社会活动家，是一个坚定的共产党员！"

第二天，30日上午，在近一百名与会省、市、县来宾和代表的热烈掌声中，周老开始畅叙情怀，把大家带进了他与邵子南出生入死并肩作战、对邵子南来说又是短暂一生中非常重要的一段日子。

1938年4月，周老与邵子南一起由组织安排到西安，参加了西北战地服务团。7月，全团调回延安，10月又开赴晋察冀，直到1945年两人才分手。西战团是一支肩负着党中央、毛主席赋予的重任，到国统区和抗日敌后根据地开展抗战救国宣传的文艺队伍。丁玲任主任，邵子南任政治干事，周老任统战委员。

"邵子南只比我大29天。"周老对与邵子南在一起时的点点滴滴，历历在目。那时生活、斗争条件十分艰苦。邵子南年少时因家境贫困而漂泊流浪，做过学徒、当过和尚、讨过饭，是全团中身体最差的，而他又是工作最忘我、创作最多产的，是全团的骨干，干什么都乐呵呵地跑在最前面。春夏之间，为了节省鞋子，他打赤脚，走得欢快，人称"飞毛腿"。入夜，挑灯学习，潜心写作，小说、散文、诗歌、戏剧、理论文章，长的短的、大的小的，全来！他十分重视少年艺术队、乡村艺术班，热情关怀，悉心指导。行军路上，还常常背那些娃娃过河。在延安和去晋察冀的路上，他带头发起"街头诗"运动，墙上、树上、电杆上到处都写。有的还配上曲谱、漫画，深受边区人民欢迎。

邵子南和周老长期合作，一个写词，一个作曲，几年间，不下一百首。他们为西战团创作了新团歌，还创作了《李勇要变成千百万》《晋察冀边区艺术工作者之歌》、歌剧《不死的人》等，迅速在边区广为传唱。这段时间，邵子南的文艺观日趋成熟，文艺手法不断提高，《地雷战》等名篇迭出。更重要的是，对白毛女民间故事的搜集，为他写出长诗《白毛女》、歌剧《白毛女》第一稿，铺垫了基石……

"1945 年，我们分别了。新中国成立后，他在重庆，我在北京。1955 年，因接待两个外国艺术代表团，路过重庆时，才见到过他一次。当时他已病得住院了。在一个澡堂子里见过面，又到他家里去谈了一会儿。之后，一走便是同他的永别……"战友的英年早逝，周老一谈起就十分沉痛。

"不管他先是在上海，还是后来在边区，四川待解放时又到重庆，所表现的均是一个真正的共产党员不怕牺牲、无私奉献、生命不息、战斗不止的本色！我们在新形势下纪念邵子南，就是要学习他对党、对人民的无限忠诚，对文艺事业的鞠躬尽瘁，对民族形式的执着追求，努力创作出无愧于时代的精品！"周老的热切鼓励，又激荡起一阵热烈的掌声。

周老那次在资阳的时间很短，总共不到三天。可他还是马不停蹄地去参观了半月山大佛、"资阳人"头骨化石发掘地、待建中的"资阳人"博物馆选址地，还观赏了一台资阳本土的大型文艺晚会"资阳，你好"。我作为报社记者全程跟踪采访，认真记录着他的一言一行，仔细观察着他的神色反应。如今，近三十年过去了，但周老对资阳的感叹，我记忆犹新："资阳这块热土，有这么厚实的历史文化底蕴，作为邵子南的老战友、好朋友，我也沾光了！"

我来到这人世，是因为一个又一个的痛

我跟这世道，相处得并不咋样。我认为我不该来到这世上。我来到这世上，是因为一个又一个的痛。

这不，1965 年农历四月初四半夜子时，我娘大大咧咧地把我生在了尿桶里。本该给呛死，却又给慌忙拎将起来，屁股上挨了两巴掌后，才人模人样地哭出声来。自此，这纷纷嘈嘈的人世间，有我无多地添了一个外挂。

认识我娘后，渐渐地，我又认识了我父亲，一个姐姐和后来的一个弟弟及两个妹妹。我们跟着父亲姓唐。

说起来，唐姓非常远古，颇堪显摆。有族人理过，说是要理到黄帝那里去了。据目前的人口普查结果，依人口多寡排位，唐姓有 1000 多万人，雄踞第 25 位。有族人也查过，历朝历代，都有老唐家的人冒顶出来，声名显赫：战国有魏大夫唐雎，九十高龄出使强秦，一番口舌交锋，使秦一时不敢贸然加兵于魏；汉有中郎将唐蒙，说服夜郎归汉；唐有名臣唐俭，辅佐李世民平定天下；宋有大孝子唐杰；元有画家唐棣；明有名臣唐顺之，大破倭寇而军功卓著，还有"江南第一才子"唐寅，风流倜傥、卓尔不群；清有唐英，督造中外闻名的"唐窑"；民国有唐绍仪，出任第一任内阁大总理……山西省太原市晋源区晋祠镇的晋祠，为纪念晋国开国诸侯、唐姓得姓始祖唐叔虞（后被追封为晋王）及母后邑姜后而建，是中国现存最早的皇家园林，为晋国宗祠。1961年3月，晋祠被国务院公布为第一批全国重点文物保护单位，2011年被公布为第一批国家AAAA级旅游景区。这在中华乌泱乌泱的姓氏中，首屈一指，独占殊荣。

可是，我这人就有这么习怪，非得搞清"唐"字的本义不可。甲骨文告诉我：唐，上面的字形是"庚"，下面是"口"，表示跟用口讲话有关。"庚"字指一种钟铃之类的乐器（为钲、鼓、镛等，其说不一），与"口"结合，表示说话声音像钟铃一样很响很大，也是指说大而无边际的话。金文也与此大同。《说文》就来得更直接了：大言也。意即大话，空话，虚夸。《尚书·论衡》中有：唐之为言，荡荡也。《梵书》中有：福不唐捐。《庄子·天下》中也有：荒唐之言。其他还有：唐突，唐塞，扯唐，唐大无验，功不唐捐……

看来，"唐"，并非一个啥好字，这使我几十年来心存芥蒂，无以自豪。我搞不明白，我那些老先人，顶着这么一个雷人姓氏，是咋个赓续过来的。

我又多了一事：搞清我来到这人世的结点，是咋个凑成的。这颇费了我一些周折。

对于再上一辈，爷爷、奶奶和外公，我都不认识。没见过。只认识外婆，我们称她为"外外"。我认识外外时，她已是一个慈祥和蔼的老太婆。她身材高大，骨节粗大，手大脚大，手指拇粗得头齐尾齐，没得尖尖。外外视我们为她的心肝宝贝，她向我们示好的方式，主要是弄好东西给我们吃，用现在的话说，首先抓住你的胃，但在那时，几可说是首先抓住你的命。生产队收麦子时，她会仔仔细细地在道路两边逡巡，捡拾人家担着麦捆路过时万一掉下的麦穗，再把所得的麦粒拿去换面条，煮了，给我们吃。生产队收豌豆、胡豆时，她会仔仔细细地在田边地角，捡拾人家不小心散落的豆粒，炒脆了，给我们嚼。生产队收花生时，她会仔仔细细地在人家挖过的空地里，用铁爪子，一爪子一爪子地，一块土一块土地，重新翻个遍，捡拾人家有可能遗留的花生粒，晒干了，每次来看我们时，就用围腰给我们兜一坨来。她每年养一只大公鸡，用一个箩篼扣着养，只在箩篼上开一小口，让鸡能把头伸出来啄得上食即可。这不光是为了让鸡多长肉，更主要是让鸡多长油，宰杀后熬下的油，是再香不过的面条作料，每次都把我们香得满头冒汗。

吃，在我外外那里，是最最重要的，也是万能的。我弟弟是早产儿，生下来可能勉勉强强才两斤，不成人形，孱弱无比，奄奄一息，连哭的力气都没得。我父母伤痛欲绝，不忍心眼睁睁看着小儿子夭折在自己的手上，就请外外背回去养，死马当活马养，养得活算他命硬，养不活就只能算他小命不济。那天，外外背着我弟弟，去到我家对面的农场，在我父亲办公室窗外喊了我父亲好几声，说她要把人背走了，要他出来再看上一眼。我父亲痛苦得连站立起来的力气都没有了，只是连声嚷嚷我不看了我不看了快背起走快背起走。外外把我弟弟背回家后，给他做了一个箩篼窝窝（在竹箩篼里围上一圈厚厚的谷草），把他圈在里面养。外外只有她万能的法子：弄东西给他吃。而她能弄出的最好东西，只有稀饭汤汤。我弟弟的嘴洞很小很小，一次灌不进多少，而他每一次艰难咽下一点儿去后，细颈子一软，小脑袋一偏，小眼睛一闭，得歇上好一会儿，才又把嘴洞张开。外外就那样一点儿一点儿地喂，一上午一上午地喂，一下午一下午地喂，最终硬生生把他喂活了。所以，吃，可说是外外一生的奢求，是全部，是信仰。她以八十四岁高龄弥留之际，我们赶去同她道别，她已安详地躺着，在等待咽下最后一口气，却忽然一时回光返照，睁开眼睛看看我们，平静地一张口就问：吃了吗？这是她留给我们的最后一句遗言，已无异于天问。

但外外对自己的身世，只字不提，我娘说那是因为她一生太苦太苦。外外是千里之外贵州安顺的苗家女，汉姓李，家在一条大河边，家里穷得真是如水洗过。从记事起，家里就只有父亲和弟弟。她的父亲，我的老外公，靠用竹篾绞点船索子卖养家糊口。衣不蔽体的她自小就带着浑身稀脏的弟弟，成天像狗一样到处找寻东西吃。去得最多的地方，是乡场上的小馆子，两姐弟蜷缩在人家吃饭的桌下，与狗争抢人家吐下来的光骨头。九岁时，她的父亲，我的老外公，突然把她交给了一个从未谋面的"干妈"，说是让她跟着"干妈"出去讨一条生路。"干妈"坐着滑竿赶路，她打着一双光脚板跟着，走啊走，走啊走，一路走到了四川的成都。"干妈"把她留在了一家大户，说是让她帮佣，混口饭吃，也图人长大。老大不小时，大户说给她找了一户人家，要她嫁过去，在资阳乡下，还说资阳乡下花生多，都长在树子上，一摇落得满地都是。到了资阳，她才晓得自己是遭了欺骗，并进一步晓得了自己是被自己的亲爹卖给了"干妈"，"干妈"把她卖给了成都大户，大户把她卖到了资阳乡下。加之，她年轻气盛、苗性刚烈，与这家合不来，被这家人视为"大脚蛮婆"，最终经当地袍哥分舵舵把子夫妇做主，被卖给了一个大名鼎鼎的袍哥——我的外公，做小。原来，我那在乡下袍哥分舵里做着红旗管事的外公，在江湖上虽联络东西南北、迎送三山五岳，交际甚广，颇有名望，但屋里的大房，我的大外外，却只给他生了几个女儿，便安心纳一房小，期望为他延续香火。兴许是我外公的豪横和外外的刚烈对上了眼，他们一直相安无事。可是，在我外外生下一儿一女（我舅和我娘）后，我那外公，我那豪气干云、一言九鼎的袍哥外公，就因打输了一把牌，竟把我的亲外外输给人家，人家又弄去卖了。霸蛮的外公留下了儿子——我舅，只让外外带走了女儿——我娘。外外带着才两岁的我娘上轿子时，气得浑身发抖，她手指我外公破口咒骂：你不得好死！不得好死！不得好死！……外外就这样以一石谷子的价码，又被卖到了陈家，与陈外公育有一女，我的姨娘。陈外公是个穷苦的农民，老实巴交，成天只知在土里卖力刨食，却因积劳成疾，早早逝去。解放时，要分土地了，我舅才把我外外、我娘、我姨娘接回来，团到了一起。而大外外，则跟着她的后人，辗转去了成都……由此看来，外外亲我们，是因为她这独处外地的外族，除了她自己的亲生骨肉，别无亲人。她是在捧出自己的心子果果，亲我们。当我们一个个长大了，有出息了，她总是给我们敷好话：你们的命才好哦！出于对苦命外外的敬重和悲悯，我娘一辈子都没摸过扑克、长牌、麻将等，宁肯赌命，也绝不赌钱。她同样也见不得，甚至连听都听不得她的后人赌钱娱乐。我娘去世后，我也幡然悔悟，当即对着她正在离开她身体的魂灵发誓，此后再也不染指赌钱娱乐。后来有兄弟伙一而再、再而三地缠我，我要横了：你去把我那老娘扶起来，请她老人家点个头，我就陪你玩两把！

我那被外外破口诅咒的袍哥外公，似乎真被咒准了，竟死得十分窝囊。为了给家族留下点口实，也为了满足看官的好奇，我不揣失敬，斗胆丢他老人家一"丑"：临解放时，他竟被一头疯牛挑死了。那天一早，家里的长年（长工）来报：那头蛮牛疯了，要打人，犁不得土了。外公一口接住话茬：啥犁不得了？疯牛才有劲！还说，你不敢犁，老子去犁。便掮起犁头，驱赶上那头双眼血红、胡闯乱撞的疯牛，上坡去了。那天是个大雾天，浓雾至晌午了都还没完全散开。黄三爷（乡民们对我外公的尊称）亲自犁地，本就稀罕，何况还驱使的是一头打人牛，村里人就都巴望着，想亲眼望见他揹着犁头、押着疯牛，雄赳赳下得坡来的神气架势。但一直不见他下来，也好久都没听见坡上的吆喝声了，便上去一探究竟，却不想，就在一块膀膀土里，黄三爷已倒伏在地，气绝身亡。从他颈缠牛绳、身受重戳，特别是下身也被挑破、浑身血肉模糊来看，再从满土跳腾出的脚印来看，大家推测：应该是当疯牛向他发起攻击时，他仗势自己会些武功，与疯牛进行了一番周旋，依他的脾性，可能还试图掰住牛角，想把疯牛干翻，却不慎被牛绳套颈，最终惨败给了尖利的牛角。

我娘说过，假如我那袍哥外公能活到解放时，有可能遭枪毙，因为分舵的舵把子两夫妇，是被剐了的。而我外公是分舵的得力干将，经常着白衫、骑白马往资阳县城的总舵押送银两。我知道，蜀川的袍哥组织，上纳士庶绅商，下容贩夫走卒，兼纳绿林豪强，组织严密，势力强大，在反洋教、农民起义、反清复明、保路运动、国民大革命等重大历史事件中，均是一股必须借重的力量。辛亥革命后，曾一度公开化，蜀中成人男子大都加入，或受其控制。可随着历史的风云变幻，逐渐失势，越走越偏，自身内部也分崩离析，乱象丛生，甚至乌七八糟，恶行迭出，乃至名声大臭。解放时，自然受到清理和打击。我问到过乡里的一些老人，得知了舵把子夫妇因民愤极大遭当众活剐的细节。说，当时那掌刀的刽子手居然大发了善心，不是一刀一刀地割肉凌迟，也不是一刀一刀地活剥人皮，只是象征性地将舵把子夫妇额头上的肉皮剐下来，遮盖住了眼睛。最终也没有掏心挖肝，还是枪弹说了算。我曾试图从我舅和我娘的面相上，想象着拼凑出我袍哥外公的模样，想象他或陪杀场，或遭活剐，或挨枪子时的神色，却无以具象，均为徒劳。

外外的骨血，流经千山万水，饱含人间苦难，搅和着地方豪强、善恶难辨的外公的骨血，流淌进了我娘身上，又同我父亲的一起，流淌进了我身上。我娘又是咋个把我带进唐家的呢？我问过我娘。不提还好，一提我娘就气不打一处来：老子——我娘一般不自谦为"老娘"，一般一开口就自称"老子"——还不是上当受骗了！当然，气归气，她眼里还是掠过了一丝无奈的笑意。我娘嫁进唐家时，年仅十六岁。此前，她只见过我父亲一面，只是瞟了一眼，也没瞟实在。那天，她背着背篼在野地里扯猪草，从区上到公社的马路上，走来三五个人，都像干部，一个矮个年轻人下得马路来，径直走到她跟前，紧盯着她问：你，叫啥名字嘛？我娘说，我父亲矮矮小小的，比她矮下去一截，只是人小乖小乖的，脸白白净净的，还笑眯眯的，但我母亲根本没把他打上眼，没理睬他。就那一面后，我父亲找人来提了亲，表明他比我娘大了九岁，是本公社的干部，家就在几里外的另一个生产队，家庭成分是根正苗红的贫农。我娘一百个不情愿。你不要看她跟其他乡里人一样，成天在那山沟沟里忙上忙下，可她每时每刻都怀揣着跟别人不一样的心事。她正做着春秋大梦，梦想着跳进城里去，过上体体面面的生活，把外外接去享福，还要让自己的子子孙孙都令人眼美。真是枝头空绽报春花，山月不知心里事。外外却一口应下了这门婚事，还说我娘：你的命，比我的好哪里去了！过一阵，我父亲上门，跟外外、我舅一番商量后，当即就要带我娘走，跟我娘说是去认认门。我娘惊恐，绝望，总觉跨出这一步就一辈子都完了。可在外外面前，即使再有不甘，她哪敢有一丁点造次。兴许外外晓得她跟袍哥生下的这个姑娘心气高，就加重了口气：你去嘛！去看看是草房子还是瓦房子嘛！无奈，我娘换上干净衣裳，由我舅陪着，被我父亲先带到了龙潭街上，再带进龙潭公社办公点，跟着又带回了唐家湾。老子就像一头猪，就这样被你老汉带进了他早已挖好的坑坑头！我娘又好气又好笑；进到龙潭街上，跻过那小相馆，你老汉像是临时想起一样，提议说，走，来都来了，干脆进去照张相。照相师傅好像早就晓得应该哪么照一样，喊老子两个坐好，脑壳靠拢点，再靠拢点，然后"嗤"的一声捏扁了手里的橡皮气球。进了公社你老汉的办公室，就跟预约了一样，有好些人过上过下地来探头探脑，还有一个人挤眉弄眼地一声喊：哟，人来了嗦？就去拿了两张盖了印的纸片片过来，说他特别多蘸了些印泥，特别盖得鲜红鲜红的，还讨糖吃。你老汉接过来在老子面前晃了晃，说是老子两个的啥证明，还又好像突然想起似的，从裤子包包里摸出了几颗纸裹糖，笑眯眯地递给了那人。刚走进唐家湾，就听见瞬里啪啦地爆起了火炮，烟雾腾腾的；刚走进唐家院子，就看见地坝里摆起了好几张桌子，还到处披红挂彩的，像是要做喜事。好多人盯着老子看，像看啥稀奇一样，上上下下地看，把老子人都看木了。有人高声武气地惊叫唤：三嫂子进门了！三娘好高哦！三婶娘好乖哦（我父亲在他几兄弟中排行老三）！还有，你那堂兄，黑狗，才几岁，浑身脏得像在泥塘里打了滚的小猪崽崽，拱上前来直喊老子"干娘干娘"，把老子人都喊木了。也有尖嘴巴放肆贬老子：唔，腰长肋巴稀，是个懒东西；唔，高叉叉的，不会生儿；唔，袍哥的千金，肯定凶。三哥今后要受夹磨了……把老子人都贬木了。老子是遭你老汉设计了的！要不是看在你外外名下，不想惹她伤心怄气，老子早就一车身跑了。后来，老子生了头胎，果真是个女，你姐姐，就硬是遭人低看哒。在农村，没生有儿，不说你家今后没劳力，连个担挑挑的都没有，还把你看成是绝后，是绝户。好在你老汉不见就，总是笑眯眯地讲：又生又生，我晓得你能干，会生，总会生个儿的。生你时，你老汉已从公社转进了农场，那时运动一个接一个，农场里也逐渐分成了几派，今天我

代后记　211

整你，明天你整我，整得乌烟瘴气的。你老汉在家不敢跳，可他一心追求进步，在外跳得凶哦，也就成了今天他斗别个，明天风向一转，别个又斗他。白天斗，夜晚斗，斗来斗去，连家都顾不上。生你那天晚上，你老汉就在挨斗，他那一伙人在农场的晒坝里，在用竹竿高高挑起的马灯下，跪了好几排。老子那天晚上煮的红苕丝丝汤，老子只喝了几大碗汤，心想他可能要遭斗至深更半夜，可能要遭斗，就把红苕丝丝留给他。不想，半夜了，起头了，又觉肚子胀，想解溲，老子就把你生在了尿桶里，差点把你呛死。好得老子手快，一把把你提了起来，提起来一看，咦，天神哪，是个儿！赶紧在你屁股上拍了两下，你才哭出声来，把老子喜的！把老子气的！当时老子就想好了：假如老子这个儿真的遭呛死了，老子绝对饶不了你老汉！等他回屋后，老子绝对还要弄他到高桌子上去跪起，继续斗他，斗死他，一命还一命！

我娘嫁进的我们这支唐家，是康熙年间从湖南宝庆府（今邵阳）过来填川的唐姓后裔。我们这一房，就因我们的嗲嗲（"爷爷"，湖南人大都这么喊），几可算是一朵奇葩。乡里人说，我嗲嗲是个"牛偏耳"（牛经纪人），又是"牛包医"（包把你的牛医好）。这样的乡野贤能，是配穿长衫子的，从湖广过来的人，都把这样穿着长衫游走在乡间的能人，尊为"老师"，所以乡里人又都把他称为"唐老师"。我的牛偏耳嗲嗲，常年走村串户，还隔三岔五地坐进茶馆，周遭哪家养有牛，哪家的牛有几岁口，哪家的牛儿下了仔，哪家想卖牛、哪家想买牛等信息，都在他的掌控中。哪家要卖牛了，哪家要买牛了，都要找他捏拿捏拿，他就在这"捏拿"中收取酬劳。庄户人家，牛比天大，牛偏耳嗲嗲可得捏拿精准了。比如，哪家养的是头牯牛（公牛）呢，还是头"沙牛"（母牛）？是过了气的"老口"呢，还是正当年的"青口"？牙口有无缺损？腿脚有无跛瘸？内瓤子（内部器官）有无病灶？买家是要买头耕牛，还是要买头肉牛？是买来出力，还是买来配仔？有的牛看上去毛色油亮，却不知已两天都没拉屎；有的牛看上去墩墩笃笃，却不知干起活来腿脚软；有的牛枉为沙牛，五六岁了还一直是空怀，配不起牛仔……交易的价格，则几乎全靠牛偏耳嗲嗲从中撮合了。遇到决事迟疑的买家或卖家，牛偏耳嗲嗲还需拿出脸色，拿起腔调，甩出"你连我都信不过吗"的言语，左敲卖家一棒棒，右敲买家一棒棒，直至把生意敲定。要是遇到对方懂行，或也请了个牛偏耳，那就真得各出一只手，藏着掖着地"捏拿"上一番了。我甚至想象着：要是对方穿的长袖子，嗲嗲就把手伸进去同对方的手捏来捏去，脸上的表情随着手指姆的变化而时阴时阳。要是对方穿的短袖子，嗲嗲就把手伸进人家的衣襟下摆里去"捏拿"。再不济，要是人家上身打的光胴胴，啥也没穿，嗲嗲就把人家的手捉到茶桌下，或是随便一条案板下，去捏拿，只要不让其他人瞧见。至于各种牛病，哪怕是些疑难杂症，我那牛包医嗲嗲确实能做到手到病除。有牛中暑了，他喊一声：去扯一把鱼腥草来，再扯一把韭菜来！熬取汁水后，逮几个童子过来：尿，把尿窝进去！然后撬开牛嘴灌进去，包好。有牛拉痢了，他用蜂胶、马齿苋加糖，红痢加白糖，白痢加红糖，熬水给牛服下，包好。有牛鼻子流血了，他用蒲公英、白糖熬水，给牛服下，包好。有牛不长肉，瘦骨嶙峋，他用红枣、红糖、当归熬水喂服，十来天后牛就开始长膘。有沙牛不怀崽，他找来其他沙牛产后的衣包，晒干后加益母草，熬水给牛灌服，三四次后保准让牛主人来年抱上牛崽崽……牛偏耳嗲嗲、牛包医嗲嗲高超的才能、圆通的为人，在外颇得"唐老师"口碑。

可就这样一个贤能的"唐老师"嗲嗲，却几乎很难得到家人的一句好话。特别是我么姑，一提起他就把嘴一撇，一条唇线就那样重重地弯下去、弯下去，良久，唇线才又打开，蹦出了两个字：可恶！我郁了闷了。我的嗲嗲，可是她的亲爹啊，为啥只要一提起，她总是这般反应呢？原来，我那在外一抹溜光的"唐老师"嗲嗲，对待家人却很不咋样，几乎没得一句好话，没得一副好脸色。他本来常年游走在外，很少回家，有时从家门前院坝下的竹林穿过，他都懒得抬一步脚回家歇歇。说，有一次，他从竹林穿过，居然还晓得割了一块肉回来，但他照样没舍得多跨一步把肉送进屋，而是一扬手，把肉甩上院坝，气咻咻地朝我奶奶吼道：快拿去窝痢！（"窝痢"，这词很不好，即咒人吃了拉稀）有时，他在龙潭街上喝了两口烧酒，醉了，想回家了，却找不着路了，还得有人传呼带信，叫他的大儿子，我的大爸，赶快去把他牵回来。一落屋，他更不得了，常常爬到吃饭的高桌子上去坐起，长竹烟杆一挥，勒令我奶奶和他的七个子女：过来，都给老子跪下！然后开始长篇训话，炫耀自己在外如何如何包打十里八乡，控诉自己如何如何遭外人勾心算计，痛骂那些得了他好处却翻脸不认人的白眼狼。当然，还要痛骂我奶奶他们在家啥都不做，还不识好歹。酒醒后，他变得十分沉默，一天可以没得一句话，全凭一副脸色和一双眼神表达好恶，甚至发布指令，也就十分威严。不高兴你了，他最经典的动作是，先勒你一眼，然后眼一闭，颈子一扭，把一张马脸车向一边。耳濡目染，他的几个子女也学会了这门"绝技"。据说我父亲学得最像，后来我发现我也学会了这一招。我幺姑说，我嗲嗲尽欺负我奶奶，欺负了一辈子。我奶奶就团结几个小的，跟我嗲嗲做斗争，斗争了一辈子。我奶奶矮矮小小的，姓徐，人称徐幺娘，是一个明事理、能给乡邻断道理的能干人。她一手拉扯着几个小的，成天在屋里屋外、坡上坡下忙碌，还织布。夜里纺纱时，为节省灯油，竟只点一根香，插在机头上，纱线断了时，就仅借香头那一点暗亮，把线头接上。她像一只抱鸡婆（哺育小鸡仔的母鸡）一样，紧紧地护卫着她的几个子女，几个子女就像猪狗一样，在好死赖活中慢慢长大。我大爸长成后，冲我嗲嗲发起了愤然反击，两父子顶得很凶，几近你死我活，直至我嗲嗲干出了一件极不近人情、令人惊悚的事。我在写作此文时，已年近六旬，还已超过我嗲嗲去世时的年龄，自以为已能明辨事理、分得清礼义廉耻和轻重缓急，所以我最终还是决定哪怕是顶着"不孝"的骂名，也要把他老人家这件狠心事记录在案，以警示后人：那一次，兴许是我嗲嗲遭我大爸顶伤老心了，他竟提了香、蜡、纸钱，到院坝里插起，点燃，拜天拜地地咒我大爸这辈子断子绝孙……我奶奶看着她几个可怜的子女，心都痛木了，于是她下定决心，即使砸锅卖铁，也要养出一个"成器"的来。她把心血花在了我父亲身上，把他送进了私塾。

　　我的嗲嗲和奶奶，双双殁于20世纪50年代末60年代初，都还没满六十，都还没能享福。又还都是因为饥饿，饿得浑身发肿，肿得油光水亮。我那能干了一辈子的嗲嗲，是彻彻底底能干完了的：连自己的坟地，都是他亲自找好的，就在我家对面的山窝窝里，坟头直冲着我们家的堂屋。只是那里后来建了农场，有人就在他的坟头前挖了一口粪池。每年清明节，我们去上坟时，我和弟弟都要感慨一番：其实这老人家，心里满满地装着他的一家子，即使入土了，也要目不转睛地盯着他的家人和后代。他在外无论咋样风生水起，可只有家才是真正属于他的领地。在他的领地里，他是不可挑衅的权威，是不可僭越的神位。在那样的时代底色里，有几家几族不是这样相生相克过来的？至于那口粪池，我和弟弟也商量了的：哪天趁人不注意，给它填了，不要让人以为我们的先人当真就口臭，还要遗臭千年。无论咋样，我对我那能干完了的嗲嗲，充满敬意，以至于决定今后我的孙子辈，只能喊我喊"嗲嗲"，甚至连我同事、朋友的孙字辈，也只能喊我"唐嗲嗲"。喊我"爷爷""唐爷爷"我不仅不会答应，还会用眼睛车起车起地勒你。只不过，我那可怜的大爸，后来也成了我当年的嗲嗲一样的人，几乎没脱壳壳，就兄妹各门各户的大凡小事，必须得完完全全顺他心意，不然，轻则训斥有加，重则无情抵制。更可悲的是，他似乎真的被他亲老子咒准了：先娶了一个大娘，是个癫的，死了；再娶了一个大娘，虽给他生了一个儿，比我大些，可至今仍单身，无后已成定局。而我那父亲，新中国成立前读了些旧学，新中国成立后又读了些新学，十六岁起就当初级社、高级社（相当于后来的生产小队、生产大队）的记分员、会计，后又离家到了公社搞财务，再后来又转到农场搞财务。老话说，腹有诗书气自华，我父亲果然出落得白净、儒雅，连长相都大不一样了。假如把他几兄弟喊来坐到一起，很难看出他们是同根同株。我奶奶相当疼爱我父亲，在她的最后一段时光里，她随身怀揣着我父亲的一张照片，无论她是在忙活，还是在走路，还是卧病在床，想起了，就摸出来看上一眼。

我的这条命，就是这样由一个又一个的痛点凑成的。身背着这样一条命混迹在人世间，我不知该对自己的人生有何交代。于是，我还多了一事：搞清楚农历四月初四子时出生的人命运几何。

其实，早在我儿时，我娘就满心虔诚地为我遍访过乡间能给别人算命、改命的"半仙"，叩问过能给人指出明道的"碟仙"，还求人翻过能"称"出人的命有几两几钱重的"称命天书"。说好的有，啥啥"为人多学，才知出众""初限少有成就，中限运泰渐通""家庭美满，左右逢源"；说孬的也有，啥啥"交际不太圆满，不肯与人妥协""耐性不足，处事冲动""个性刚强，招惹是非"；等等。而众口一词的是：最有效的"改命"方法，唯有

"其婚姻宜早配，早婚有利于运势"。因此，我娘曾急急慌慌地给我订过一门娃娃亲，两家以亲家的名分走动了好些年。后来不知何故，我娘又撕破脸正，以抱养的手法直接弄了个女娃到家里来住起，似乎随时准备着只要我岁数一到，就要给我完婚，以求年轻时拴住我的身心，中年后出门去遇贵人。殊不知，我娘压根儿就忽略了：我的身上，除了同她身上一样流淌着苗、汉和袍哥豪强的混血，还流淌着老唐家聪慧贤能的血液。更要命的是，我继承和拓展了我父亲的正学和新学，读小学时就已在到处找乱七八糟的书读，到处撵坝坝电影看。即使到了初中，面临"跳农门"的生死考学了，我也在到处蹭刚刚出现的电视看。一些被禁为"毒草"的书籍，让我依稀窥见了以前的人是咋个熬过来的；国外的电视连续剧《加里森敢死队》，让我惊诧于原来罪犯并非天生的，并非一成不变的，同样是人，还能成为好人，甚至能成为英雄；同样是国外的电视连续剧《大西洋海底来的人》，让我惊骇于原来我们这些在后地上当人的，竟有那么多的丑陋和罪恶；彩色电影《海霞》中，小海霞的形象幻化（后来我才知道那叫"叠现"）成海岛女民兵大海霞的形象时，海岛女民兵大海霞那青春，那朝气，那美丽，那纯真，每每让我怦然心动，每每让我心驰神往。后来我才知道，那小海霞是我的老庚蔡明演的，大海霞是吴海燕姐姐演的。为此，我都年过半百了时，还专程去过《海霞》拍摄基地——广西钦州港的三娘湾，为的是找回儿时的那一份纯真和美好……其实，我同当年我老娘一样，别看我们成天在山包包里蹦蹦跶跶，却都有自己的春秋大梦。所不同的是，拜时代所赐，我要实现梦想的现实路径和精神路径，宽泛多了。随着我中考一举中榜师范校，我娘的那些良苦用心、如意算盘，自然是不攻自破、土崩瓦解。

想预先搞清楚自己命运如何的人，是对运势深信不疑者，是想对人生有更多甚至无限索取者，同时也是自信心严重不足者。可我不是。我想搞清楚自己这条命的来龙和去脉，是因为我对自己这条命的珍视，我是想活出一条跟别人不一样的命来。这样的顿悟，居然在我才十七岁参加工作、即所谓处身社会时，就有了。那是因为，读书时代，象牙塔里，我所形成的"众生皆平等"的信奉，跟现实社会格格不入，严重不符，甚至是针尖对麦芒。有关对我这条命的测算、称重，皆落为空谈，最终还是我自己看穿了自己：我犯众——我见不惯有些"老道"的同事，在管事的面前那种谨小慎微，唯唯诺诺，低声下气，点头哈腰，卑躬屈膝，吹捧舔贴，曲意逢迎，指鹿为马，助纣为虐，奴性深重。我犯上——我更看不惯有的管事的老是把爹妈给的一具肉身，弯成一个英文字母"C"，一面应对下属，大腹高挺，拒你于千里之外，头颅高昂，眼里只有他的一片天；另一面应对上级，腰背、双膝已不能再躬屈，再躬屈一点儿恐怕脑袋也会钻进裤裆了。我特别注意到了经常坐主席台的一些管事的，提包、茶瓶要别人给他拎去放好，讲话稿要别人给他写好、提前在座位上放好，他则只像个演员一样神气活现出场，拿腔拿调把那些空话、套话、大话吼得震天价响。继而发现坐在下面的人，却还十分配合，多像一伙群演。整个堂子就像一个过场，各人像模像样地扮演着各自的角色，心知肚明地相互欺骗着对方。所以，至少有两次，有管事的要我去他们身边做事，我都当即予以了婉言谢绝。我深知我们老唐家的人，倔，干不好那样服侍别人的活，也担心在那样的"染缸"里把自己给染污了。还有，我们老唐家的人不是嘴大吗，担心一不留神把人家管事的某些事给走漏出去了。这样，有管事的见我一条小命在其煌煌大命面前，竟然分不清高低贵贱，便眉头一皱，判了我个"不成熟""很不成熟"。坊间也就起了热评，说我年纪轻轻就"很坏""不是一般的坏""是思想意识坏"。我还顽冥——虽然日子不好过，但我不气馁，甚至认为这样"坏"一点点，也未尝不可，至少使自己这条小命更显硬气。

　　特别是有一天，我徜徉在秋天的原野，见高贵的向日葵，普惠的稻穗，甚至低贱的狗尾巴草，都低垂着曾经高昂的头颅，我十分惶恐，惶恐这样的成熟；我抗拒，抗拒这样的成熟。我深知我这一生跟这世道肯定处不好，必定会沦为一具外挂，活成外挂在鸡蛋上面专门搜寻裂隙的苍蝇。只不过，我自命不凡的是，我搜寻的是这世道的裂隙，我是要好好地进行推敲，是想触动在这人世间熙来攘往的人们自发用脑袋思考思考，如何才能避免犯过的、更深重的错误和灾难，如何才能把这世道维系得更好。如此一来，我算是把自己的一条小命，自作自受地扔进了"八卦炉"中，备受煎熬。但我认定：我这条本就出自痛苦的小命，再添列一些痛苦，算个啥？我不断自己给自己打气：今后老了，甚或临咽下最后一口气时，回一下自己这条小命时，只要自觉还算"硬气"，足矣。